人生は一度だけ。

kei yuikawa
唯川恵

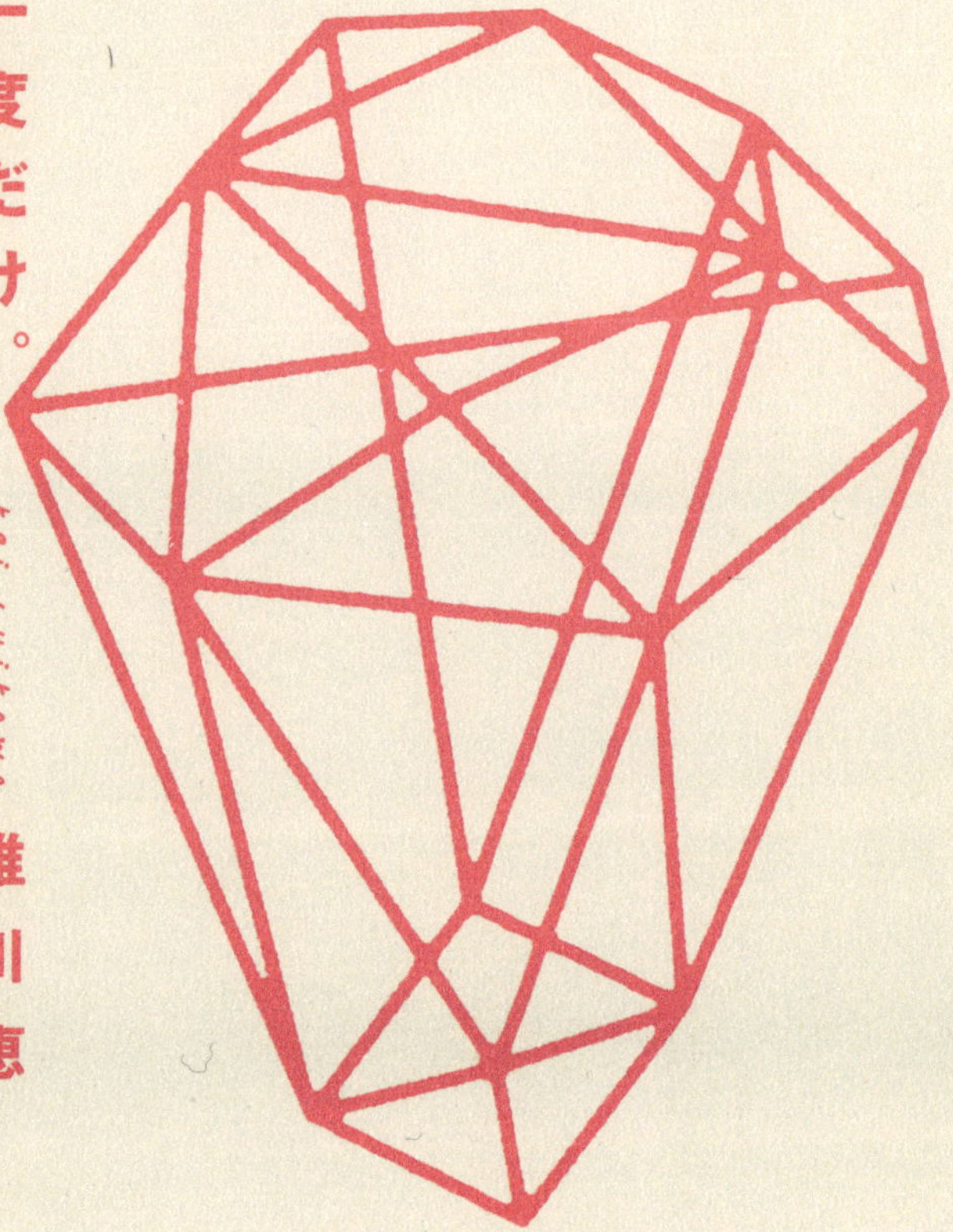

大和書房

はじめに

先日、飛行機に乗ったら、斜め前に座る女性が、肩を震わせて泣いているのが見えました。年の頃は三十歳前後。

見ては失礼と思いながら、私はその女性から目が離せませんでした。

彼女に何があったのだろう。

若い頃の私なら、間違いなくその涙から「恋」を連想していたでしょう。

きっと遠くに住む恋人に会いに行き、今、空港で別れたんだわ、とか。別れ話をしてきたところなのかもしれない、とか。もう少し妄想を膨らませ、単身赴任している男と恋におち、愛していると口では言いながらなかなか煮え切らない、それで週末に自宅に帰る彼の家まで様子をうかがいに出掛け、結局、男の本当の姿を見せつけられて絶望しているのかもしれない、とか。

こうして想像はどんどん広がって、時にはひとつの物語が出来上がったりもするのです。

でも、最近の私は、違うことも想像するようになりました。

たとえば、今まで頑張って働いてきたのに、不本意な場所に飛ばされたのではないかしら。信じていた友人に裏切られたのかもしれない。どうしようもない借金を背負ってしまったとか。ああ、もしかしたら家族に不幸があったのかもしれない。

人生には、たくさんの事件が起こります。

たいがいそれは思いがけない時にやって来て、人を慌てさせます。

そうしてみっともない自分と直面して驚いたりするのです。

年を重ねれば、大人になると思ってました。

でも、ちっともそうでないことを、今、痛感しています。

ぜんぜん違っていました。小さい頃、想像していた大人にはぜんぜんなれませんでした。ほんのささいなことにカッカしたり、どうでもいいようなことに傷ついたり、つい見栄をはって私は平気よと嘯《うそぶ》いたり、嫉妬したり、泣いたり、騒いだり。

そういう自分に対して「こんな私じゃいやだ」と「ああ、これが私なんだ」との思いがせめぎ合い、今の私がいるような気がします。

えらそうなことを言える生き方をしていないことは、誰より自分がいちばんよくわかっています。

読んでくださる方にも、きっといろんな迷いや悩みがあるでしょう。

それは書いている私も同じです。

そんな私ではありますが、最近になってようやくわかったことがあります。

それは、人はそんなに強くはないけれど、そんなに弱いものでもないということ。

人生は、そんなに楽しいものではないけれど、そんなにつらいものでもないということ。

それがやっと実感できるようになりました。


ある時まで、私は自分の中に積み重なってゆくものを求めていたような気がします。

いろんな人と出会ったり、恋をしたり、どこかに出掛けたり、仕事に頑張ったり、そういうことを栄養にして自分を成長させてゆく、という感じでしょうか。

でも、いつの頃からか、なくしてはいけないものを意識するようになりました。

たとえば、初めて海で泳いだ時に感じた怖れと興奮とか。たとえば、初めて人を好きになった時のあの胸が震えるような思いとか。

そういったものを、忘れずに持ち続けるということは、なんて大変なのでしょう。でも、なんて楽しいことでもあるのでしょう。

人は、人生の中でたくさんの涙を流します。

今まで、私も何度泣いたことでしょう。

けれども、涙した分だけ、きっと幸福に敏感になれるのだと思いたい。悲しみを知らなければ、幸福も感じることはできないのだから。

きっと、涙と笑みはセットになっているに違いありません。

そんな思いで、このエッセイを書きました。

誰でもない、私の幸せを探して、今日も私は泣いたり笑ったりしています。

人生は一度だけ。目次

I

II

人生は一度だけ。

Book Design : Koji Ueno
Object : MIKA

I

「幸せになるって、どういうことなの?」
誰のものでもない、誰にもわからない、私は私の幸福をちゃんと持っていること。

幸せになりたい。

誰だって思っていることです。

私だってもちろん思ってます。

なりたい、なりたい、なりたい、絶対になりたい。

けれども、じゃあ「その幸せって何なの?」と考え始めると、迷路の中に入り込んでしまいます。

それで、何人かの女性に聞いてみました。まとめると、こんな感じになるでしょうか。

「愛する人と結婚して、子供を産んで、かけがえのない家族を作り、老後も心配ないくらいのお金があって、やりがいのある仕事を持ち、何でも話せる友人がいて、健康である」すごい、の一言に尽きます。これぞまさに幸福の鑑《かがみ》。手に入れられるものなら、私もそのすべてが欲しい。

けれど、そんな私も少しづつ年を取りました。少しは経験も積んだし、さまざまな人も見てきました。そして今、思うのです。

それらがすべて揃うなんてことが本当にあるのだろうか。

一見、というのはあります。結構あるかもしれない。あんなふうに生きられたらどんなに幸せだろう、と、羨ましく思う人が私の周りにもたくさんいます。

けれど時間がたつにつれ、そこに他人にはわからない、知られたくない葛藤がどれほど隠されているか、垣間見えるようになってくるのです。

あの人と結婚できなかったら死ぬと言っていたカップルは、見事離婚してしまいました。離婚とまでいかなくても、愚痴不満を聞かされているケースはいっぱいあります。可愛い子供は、大きくなって難しい時期に入り、親としての責任がずっしり肩にのしかかっています。信頼していたはずの友人が保証人のハンコを押してくれと頼み込んできたとか、頑張ってそれなりの成果をあげてきた仕事なのに、会社の方針が変わったという一言で切られてしまったとか。お金はあるけれど、それにまつわる兄弟親戚とのトラブルが絶えない。健康には自信があったのに、最近どうも具合が悪くて不安。

それらのことが、いっぺんにでないにしても、入れ替わり立ち替わりやって来て、幸福の邪魔をするのです。

こんなことを書いたのは、何も人様の幸福にケチをつけたかったわけじゃありません。いろんな人を見るにつれ、所詮、条件として挙げられる幸福など儚《はかな》いものだなぁと、実感するようになったということです。

前にもどこかで話したことがあるのですが、ある知り合いの女性のことを書きましょう。

彼女はいつも幸福です。美人で性格もよく、誰からも好かれていました。独身の頃から何の苦労もなく、大恋愛をしていた彼とすんなり結婚して、絵に描いたような幸福な暮らしをしていました。

素敵なご主人、愛らしい子供たち、裕福な生活。専業主婦でしたが妻として母として充実した毎日を過ごし、家族全員、健やか。

私は彼女を見ると、いつも「完璧に負けてる」とコンプレックスばかり感じていました。彼女はどうしてあんなに幸福を手に入れられるんだろう。生まれた時から、神様に選ばれた人みたいに。まったく不公平だ。

何年かたって、私は彼女と会いました。時間は、彼女の生活を大きく変えていました。

ご主人の会社は倒産、財産をすべて失い、子供は学校でトラブルを起こし退学、あんなに綺麗だった彼女はすっかりやつれて、化粧気もなく、ださい格好でパートに出ていました。

私は傲慢にも、彼女に同情のようなものを感じていました。

「やっぱり世の中、そううまくはいかないものなんだ」

実際、顔を合わせても、どう言葉をかけていいものかわからず、いっそのこと知らんぷりした方がいい、と思ったのですが、彼女の方から「久しぶり」と、話し掛けてきたのです。

それも以前と同じ笑顔で。そうです、以前と同じなのです。彼女は何も変わっていませんでした。

驚きでした。まったく、驚いてしまいました。

その時、昔も負けていたけれど、今もやっぱり負けている、とつくづく思いました。

彼女にとって、何かがなければ不幸、という概念はないのです。今、ここにある幸福を、ちゃんと見つけられる。コレがあるから幸福、なのではなくて、コレがなくても幸福、を知っている。初めて、彼女がいつも幸福でいた理由がわかった気がしました。

私を含めてですが、人はつい、コレがなかったら幸福になれない、と思ってしまいがちです。最初は謙虚に「健康でさえあれば」と言っていても、それが当たり前になると、また新たな条件を持ち出してきます。「もっとお洒落な服が欲しい、もっと素敵な家に住みたい」

というように。

そうやって幸福の雛型を次から次と作り上げて、それを手に入れようと必死になるのです。何かを手に入れるために一生懸命になるのは、悪いことじゃないと思います。それは自然なことだし、そうでなければ「どうでもいい」というような投げやりな生き方をすることになってしまうかもしれません。

でも、自分の欲望を満たすことと、幸福を手に入れることとは違うと思うのです。もっと違うはず、幸福って、本当は欲望の対極にあるもの。

でも、それっていったい何？　どういうものなのだろう。

正直言えば、私にもよくわからないのです。幸福とは何か、なんてテーマを持ち出すこと自体、身の程知らずだったのかもしれません。

ただ、ひとつだけ。

すべてが揃ってなければ幸せではない、と思っているとしたら、それはあまりに不幸です。誰のものでもない、誰にもわからない、でも私は私の幸福をちゃんと持っている。それを胸を張って言えるようになりたい。

それこそが本当の幸福ではないかと思うのです。

美人は得である。
でも、だからといって、
幸福になれるとは限らない。

美人は得だ。

ということは、小さい時からずっと見てきました。

だから「人間は顔じゃない」なんて言われても何だか嘘っぽくて。

「よくそんな綺麗事が言えるもんだわ、現実を見てみなさいよ」

などと、ふんって横を向いてしまいたくなります。

それでも、こうして今、ある程度年をとって、それなりに美人たちの人生の顛末《てんまつ》を見てくると、また違った思いも持つようになりました。

確かに美人は得することが多いけれど、だからといって幸せになるとは限らないなぁ、ということです。

ある二十代後半の女優さんが（女優といってもほとんど顔も名も知られず、テレビや映画にチョイ役がつくぐらいで、お金を稼ぐために夜はクラブでバイトをしています）、こんな話をしてくれました。

「私ね、小さい時からすごい美人だったの。町内でいちばん、学校でいちばんの美人だったの。毎日、他校の男の子たちがこぞって見物に来るくらいだったわ。誰に会っても、美人ね、綺麗ねって言われ続けて、将来はミス・ユニバースか女優さんね、なんて言われて、すっかりその気になっちゃってね」

「でしょうね、当然よ」

「まあ、それでこの世界に入ったわけなんだけど、入ってみてびっくりしたわ。だって、美人が掃いて捨てるほどいるんだもの。ほんと、すごいの。とにかく周りは美人ばっかりなの。今まで特別だったはずの私が、ここではどうということはない目立たない普通の女なのよ。そういうことって今までなかったから、とにかくショックだったわ」

「じゃあ、やめようと思った？」

彼女は小さく肩をすくめました。

「何度も思ったわ。でも、意地もあったの。ここで負けたら、自分を美人じゃなかったって認めるようなものでしょう。だからそれなりに頑張ったわ。オーディションもたくさん受けたし、どんな役でも、与えられたら文句は言わなかった。でも、ぜんぜんダメ。誰からも認められなかった」

彼女はどうやら、女優として成功をおさめられないだろうということの覚悟は、すでについているようでした。

もともと、芝居が好きという動機ではなく、美人だからということで芸能界に入ったわけですからね。自分にとっていちばんの武器だった美人であることを否定された以上、彼女自身も、女優という職業にさほど執着も未練もないわけです。

でも、田舎の期待を一身に背負って出てきたこともあり、今さら引っ込みがつかず、帰ることもできません。周りから美人と言われ続けてきたプライドもあります。

「この世界で自分がいかに大したことがないかはわかったわ。でも、世間ではまだまだ美人で通るの。田舎じゃ、これからだって期待もしてるわけよ。そのギャップがしんどくてね」

小さい頃、美人でも何でもなくて、いつも彼女を羨ましがってた同級生たちは、こぢんまりしてはいるものの、地に足が着いた幸福を手に入れています。

あの時、毎日のようにラブレターをよこした男の子も、ごく普通の女性と結婚して子供が生まれている。そんな話を耳にするたび、彼女はついぼんやりと壁を眺めてしまうのです。

「もし、あのまま田舎にいれば、町いちばんの美人ということで、結構、幸せに暮らせたかもしれないのにね」

確かに、彼女は今も美人です。やっぱりそこいらの女性とは違います。今だって、街を歩けばきっとたくさんの男たちに声を掛けられるでしょう。

でも、どう見ても幸福そうには見えなかった。失礼な言い方だけど、彼女が美人なだけに、何だか悲愴な感じがしてしまいました。

美人は得です。

小さい時からずっとちやほやされてきただろうし、好きな男を逃がしたこともないでしょう。どこに行っても大切に扱われて、みんなの称賛を浴びたはず。美人を前にして、どんなに現実を見せつけられたことか。私の好きな男が、美人に心を奪われているなんていうのを何度経験したことか。

ええ、できることなら、私も美人に生まれたかった。

けれども、最近になってわかってきたのです。美人であることで恩恵を受けるということは、美人であることでしっぺ返しもくらう、ということに。

美人は、どうしても、彼女が美人であるということからすべてが始まってしまいがちです。近寄って来る男たちも、やはりそこに目を奪われてしまうわけです。

それに抵抗を感じる美人もいるでしょう。私を外見ではなく愛してくれる男性と巡りあいたいと思うでしょう。

でもこれは、想像以上に難しいことです。人はどうしたって、美しいものに惑わされる生きものなのです。

それに、美人自身が、冷静な気持ちで誰かをちゃんと愛そうとしても、美人ゆえにその前に相手に愛されてしまうことが多い。だから結局は、愛を強烈にアピールする男になびく結果になったりするわけです。

けれども、そんな男は、やはり美人であることに価値を感じているわけだから、他に美人が現われれば、またもや強烈な想いを募らせて、そっちに行ってしまうことにもなりかねません。

ええ、わかってます。もちろん、そんな男ばかりじゃないでしょう。そんな美人ばかりでもないでしょう。

でも、ちょっと長く生きてみると、こういった現実を思いがけず多くまのあたりにするのも確かです。

今、所詮、美人には太刀打ちできないと、最初から諦めている方がいるかもしれません。確かに美人と、美人度を競うなら、それは無理でしょう。特に、若いうちはその落差を強烈に感じるはずです。若いうちに勝負をつけようとするなら負けるかもしれない。

けれど、人生は若い時だけではないのです。少しづつ年を取ってゆく。これはどうしようもない現実です。

美人だってやがて年をとる。シワやシミが浮かんでくる。お肌がくすんだり、目の下にクマができたりする。その時、その人を美しく見せるものは何なのか。

それは顔の造作だけではないはずです。

私は、表情だと思うようになりました。

喋り方、笑い方、驚いた時の顔、真剣な時、泣いている時、そんなさまざまな表情が、その人の大きな魅力となってゆくのです。

美人は、なかなか表情を豊かにすることができません。自分が美しくあらねばならないという義務感と、周りの期待に応えるために、一定の制限のようなものを無意識に自分に与えてしまうのです。

世の中には、美人じゃないのにモテる女性が存在します。ちょっと考えてみると、思い当る女性が必ずいるはずです。

その彼女の顔を思い浮かべてみてください。きっと、人を引きつける豊かな表情を持った女性に違いありません。

私も知っています。こう言っては申し訳ないのだけど、彼女は鼻は低いし、目も小さい。その上、ちょっと太っていてお世辞にも美人とは言い難い。けれども、彼女と話しているととっても楽しくなるのです。彼女が笑うとこっちまで嬉しくなる。

愛敬があって、変化に富んでいて、見てて飽きない顔。そんな表情を持っている彼女は、美人などという枠を超えて、周りの人を引きつけています。

なるならこっちです。そして、なれるのもこっちです。

困ったことに、最近そのことに気づき始めた美人がいます。すましていればハッとするような美しい女優さんが、テレビの中で大口あけて笑ってる。

ね、いるでしょう。美しい顔より、魅力ある表情を大切にしようとしている証拠です。

遅れをとらないよう、しっかり私たちも表情に磨きをかけましょう。目も口も鼻も負けるけど、表情では負けない。

そう、いよいよ美人と勝負をつける時がやってきたのです。

優しい男と恋をするのもいいけれど、優しくないのに好きでたまらない、そんな恋を実は望んでいる。

ある時、優しい男の話になりました。

たまたま何人かの友人たちが集まって、食事をしている最中のことです。

やはり、恋愛していると告白したばかりのユミに質問は集中しました。

彼女はパスタを口にして、うっとりしたように言います。

「やっぱり、優しい男でなくちゃ幸せな恋はできないわ」

私を含めて、残りのメンバーは、それぞれにナイフやフォークを持つ手を止めて、思わずユミの顔に目を向けました。

おうおう、そこまでノロけるか。

でも、正直言って、羨ましい。

みんなの羨望を一身に浴びて、ユミはいくらか照れながらも、それと同じくらい自慢げに続けます。

「彼とこの間、デートの約束してたのね。それがどうしても仕事を抜けられなくて、二時間も遅刻しちゃったの。なのに彼、ずっと待っててくれたのよ。文句ひとつ言わずに」

ノロケは、聞いてても何のおかずにもならないし、馬鹿馬鹿しいだけですが、まあ友人の幸福にケチをつけるほど、まだ性格はねじ曲がってはいません。

私たちは黙って聞いていました。

「私には過ぎた恋人だわ。きっともう、こんなに優しくしてくれる男は出て来ないわ」

それを聞いていた和美が「はあっ」と、憂鬱なため息を吐き出しました。

「どうしたの?」

と、尋ねると、

「私の彼はまったく逆」

と言うわけです。

「逆ってどういうこと?」

「この間、私の方が二時間も待たされちゃったのよ。パチンコしてたらつい時間を忘れた、だって、こうよ。この間だけじゃないの。そういうこと、よくあるの」

「ちゃんと怒ってやった？」

「やったけど」

「けど？」

「ごめんって謝られると、つい、まあいっかって気持ちになっちゃって」

「ダメよ、甘やかしちゃ、男なんてどんどんつけあがるんだから」

私が言うと同時に、ユミもかなり憤慨した様子で付け加えました。

「そうよ、ダメよ。その彼、きっと図にのってるんだわ。和美のこと見縊《みくび》ってるんだわ。私だったら絶対に別れてやる。そんな男と付き合っててもストレスがたまるだけだもの」

「うん、そうね」

「ねえ、この際、本気で別れちゃいなさいよ。優しい男は他にいっぱいいるじゃない」

「そうできれば簡単なんだけど」

「どうして別れられないの？」

和美は少し口ごもり、それから肩をすくめてこう言ったのです。

「困ったことに、そんな男でも惚れちゃってるのよね」

それを聞いて、一瞬、ユミは沈黙しました。

私も、いえ、みんなも同じでした。

それは決して呆れたからではありません。和美の言葉に、どこかとても恍惚としたニュアンスが含まれていたからです。

「ねえ、その遅れて来る彼を待っている間、何をしているの？」

私は尋ねました。

「そうね、彼ったら今日はどんな言い訳をするのかしら、とか、急いで車とぶつかったりしなければいいけど、とか、そういうことかな」

「頭にこないの？」

「くることはくるわよ。でも、なんていうか、うまく言えないけど、そういう時間って、結構楽しかったりするの。待つっていうのも、悪くないなって。バカみたいって思われるかもしれないけど」

私は黙ってしまいました。ユミも同じでした。たぶん、そこにいた誰もが同じことを感じていたのではないかと思います。

ユミのようにとても優しくて、自分を心から大切にしてくれる男と恋をするのは幸福です。けれども、ちっとも優しくないのに、どうしようもない男なのに、好きでたまらない。

そんな和美の恋は、どこかみんなを圧倒していました。

みんな大人になりました。

するなら、傷つかない恋だという知恵もつきました。

優しくて、包容力があって、女性に理解があり、できれば経済力もあり、見た目も素敵で、頭もよくて、そんな男をつかまえられたらどんなにラッキーでしょう。誰にでも自慢できる。

さすがにその年まで待ったかいがあったわね、と言わせられる。

でも、そんな計算を頭の中でしながらも、実は、ハートの中ではどんな恋をしたいのか、本当はよく知っているのです。

優しい男と恋するのもいいけれど、優しくないのに好きでたまらない、そんな恋を望んでいる自分を。

まったくもって恋ってやつはややこしい。

後悔してもかまわない、そんな強い思い、持っていますか？そんな生き方に憧れませんか？

「後悔なんてしたことない」

と、言ってる人を知っています。

正直言って、それを聞いた時、私はすっかり呆れてしまいました。

どうしてかって言うと、私からすれば、その人Ａ氏は、どう考えたって後悔すべき人生を歩んでいるように見えたからです。

そのＡ氏は、担任の先生と気が合わないというだけで高校を辞め、働いていた会社を朝起きるのが大変だと言って辞め、すごく気立てのいい彼女がいたのにつまらない女と浮気して逃げられ、せっかくあった貯金を賭事でみんなすってしまった、そういう人なんです。

「ねえ、もう少し人生を真剣に考えてもいいんじゃないの?」

自分がこんなエラそうなこと言えるような人間じゃないことは、誰よりも知っていますが、ついA氏を見てるとため息が出てしまうのです。

「ほんとだなぁ」

と答えながらも、A氏は楽しそうに笑っているだけ。

「おたく、私の話、全然聞いてないでしょ」

「いや、聞いてるよ。まあ、これでも僕なりに頑張ってるつもりなんだけど」

まるで馬耳東風。暖簾に腕押し。柳に風。

その時は「なんちゅう奴」と、呆れるばかりでしたが、どういうわけか後になって、ふっと自分を寂しく思っている私がいました。

人は当然のことながら、後悔なんてしたくないはずです。私もそうです。これでよかったんだ、と思える人生を送りたい。だから後悔しないために、何事か決断する時、いろんなことを考えます。

けれど、それを考えるあまり、私は大切な何かを忘れてしまっているのかもしれません。

それは、早い話「後悔したってかまわない」という強い思いです。

後悔するのがわかっていても、そうしなければいてもたってもいられない。他人から見れば愚かなことかもしれない。我慢が足りないとか、理性を忘れている、とかも言われるかもしれない。けれどそれでもやってしまう。そういう情熱です。

どこかで、激しく熱く生きたい。それを望んでいる自分がちゃんといるはずなのに、いつのまにか安定や穏やかさに身を委ねてしまっている。つい安全を念頭に置いて行動してしまう。

それが悪いとは思ってないんです。ただ、どこか寂しいんです。

後悔してもかまわない、で起こした行動は、たぶん、やっぱり後悔することになるでしょう。

けれど、そんなふうにして得た後悔は、後悔しなかったということより、もしかしたらずっと素敵なことなのかもしれません。

もう手遅れ、だなんて思いたくない。これからだって「後悔してもかまわない」という生き方を探してゆきたい。

さて、もうひとりの知人の話をしましょうか。

その女性、Bさんは、人から見れば羨ましいくらい順調な人生を送っています。

仕事はインテリアコーディネーターで、あちこちの雑誌にもよく登場していて、とてもうまくいってます。

二年前に結婚したのですが、ご主人は優しく子供にも恵まれ、家族の仲もいい。その上、健康だし美人だし、文句のつけようがありません。

けれど、本人はそうでもないらしいのです。

会うとよく彼女はこう言います。

「私の人生、これでよかったのかしら」

「よかったに決まってるじゃない。いったい今の何が不満なの？」

「不満はないけど、いろいろと考えるのよ。あの時、ああしておけばよかったかもしれないって。ほら、私、二十七歳の時に一流って言われてた大手のデザイン事務所を辞めちゃったでしょう。あのまま勤めてたら、今頃は、いいポジションについて、もっと大きな仕事を任されていたかもしれないなぁなんて」

「でも、あの時辞めたから、今の仕事につけたんじゃない。ちゃんと成功してるんだし、それでよかったってことよ」

「まあ、そうなんだけど、前の仕事も好きだったしね。あのままでもよかったかもね、なんてつい考えちゃうのよ」

「そんなもんかなぁ」

「それに結婚のことも、彼と出会ってあっと言う間にしちゃったでしょう。これで本当によかったのかしら」

「時間なんて関係ないと思うな。だいいち今、幸せなんだから」

「でも、結婚したらそれはそれでいろいろとあるのよ、やっぱり」

「そんなの、誰と結婚したってあるでしょう」

「もしあの時、彼じゃない人と結婚してたらって考えることがあるわ」

「ふうん。でもそういうの、考えても無駄なんじゃないの。現実に、今のご主人と結婚したわけだし」

「まあ、そうなんだけど」

話をしているうちに、私はだんだん悲しくなって来ました。

確かに人間は、今に満足してしまったら進歩はないかもしれません。けれど、今、自分が手にしているものの価値をちゃんと評価しないで「あの時、こうしていたら」なんてことばかり考えるのは、単なるないものねだりです。

たぶん彼女は、どんな道を選択しても、同じことを考えているでしょう。たとえば大手のデザイン会社を辞めずにいたとしても、彼と結婚せずにいたとしても。

つまり、常に後悔するという方法でしか、自分の人生を見つめられないのです。

それを聞いてから、何だか、私はあまり彼女のことが羨ましく感じられなくなってしまいました。どんなに成功しても、あれじゃ毎日がつまらないだろうなって。

A氏とBさん、このふたりは第三者から見ると、絶対に「後悔だらけの人生のA氏」「後悔なんて縁のないBさん」になるわけです。

でも、本当のところでは逆になっています。

人はきっと、A氏の在り方に魅力を感じるでしょう。

私もそうです。

結構、後悔も楽しいみたいです。

A氏を見ていると、そう思えてくるから不思議です。

つい頑張りすぎてしまうあなたへ。ムダな頑張り、していませんか？ときには頑張らない勇気も必要だ。

ヒロミは二十六歳。

一流のメーカーに勤めていました。とてもまじめで、仕事熱心だし、性格も穏やか、人との付き合いも大切にする人でした。

誰に聞いても、悪口を言う人なんていません。また彼女自身、誰かの悪口を言う人でもありません。もちろんそれも「いい子ぶってる」なんて印象をあたえるのではなく、自然体という感じです。

だから友人からはもちろん、上司からも同僚からも後輩からも信頼され慕われていました。人間がデキてる。

早い話、そういった印象を与える女性だったのです。

だから、誰も気づいてはいませんでした。最近、ヒロミが少しおかしいということに。

きっかけは、上司が変わったことにありました。前の課長は、どこかのんびりしていたのですが、転任して来た上司はバリバリの出世モードで、上にはぺこぺこ下には横柄、その上「女なんか」という思いを抱えているのがミエミエでした。

当然、評判は悪く、特に女性社員はみんなブーブー言ってます。ロッカーや給湯室、飲み会などでは悪口の言いたい放題。でもそんな時も、ヒロミは、

「頑張ろうよ。頑張って、あの課長に私たちの力をみせてやろうよ」

と言って、みんなを励ましていたのです。

上司は、何かにつけて、ヒロミに小言を言います。ヒロミが女性社員のリーダー的存在であったこともありますが、他の女性たちは結構露骨にイヤな顔をして接していても、ヒロミだけはいつもきちんとした対応をしていたので、言いやすいということもあったのでしょう。

ある日、ヒロミが遅刻をしました。

とてもめずらしいことです。上司にひどく怒鳴られました。オフィス中に響き渡るような声です。それは他の女性社員に対する牽制も含まれていたのでしょう。まるで見せしめみたいに「これだから女ってやつは」と、しつこく言われたのです。

その後、ヒロミはみんなの前で肩をすくめて「やっちゃった」と、笑っていたので、誰もさほど気にとめてはいませんでした。けれども、それは彼女の心に深い傷を残したようでした。

翌日から、彼女は出社しなくなったのです。

いいえ、正確に言えば、出社できなくなってしまったのです。

遅刻したのは、電車の中でお腹が痛くなったから。でも誰にも言っていなかったのですが、その症状は実は相当前からあったようなのです。

出社拒否のひとつの症状としてそういうものがある、ということはヒロミ自身も知識として持っていました。でも、それはまるで小学生が「学校に行きたくない」と駄々をこねるのと同じ気がして「頑張らなくちゃ、ここでへこたれちゃいけない」と、我慢していたのです。

そしてついに遅刻してしまい、上司に怒鳴られた翌日、お腹が痛くなるどころか、足がすくんで家から出られなくなってしまったのです。

症状は思ったより重く、欠勤から長期休暇となり、結局、彼女はそのまま退職することになりました。

女性社員たちは誰もが驚いたようです。

「まさか、あのヒロミさんが。誰よりも強い人だって思ってたのに」

残っている女性社員たちは、今もあの上司に対して不平不満たらたらです。でも、それなりに元気に仕事をしています。

この話、何だかため息が出てしまいませんか？

ヒロミは確かに頑張った。それは誉められるべきことでしょう。でも、その頑張りが、自分を追い詰めていたのだとしたら、いったい何のための頑張りだったのでしょう。

ストレス、と口にすると、今はもうどこにでも誰にでもあって、逆に気楽に考えてしまうかもしれません。

でも風邪の中でも鼻風邪程度のものから、放っておけば命にもかかわる重大なものまであるのと同じように、単なるストレスとあなどってはいけないと思うのです。

人は頑張れ、とよく言います。頑張らなくちゃ、と自分でも思います。こんなことでへこたれてどうするんだ。もっと強くならなくちゃ。

この際、言ってしまいましょう。

いいんです。

頑張らなくていいんです。

ヒロミがもっと早く、頑張ることを放棄していたら、事態はこんなに深刻にはならなかったでしょう。

私も頑張りたいと思っています。イヤなこと、困ったこと、悩みごとがあっても、ちゃんと向き合える人間でいたいって。

でも、頑張ることを勘違いしてはいけません。決して、ストレスをため込むことが頑張ることではないのです。

人には能天気と思われているこんな私も、実は一時期、ヒロミと似たような状況に陥ったことがあります。

仕事がうまくいかないのと、失恋とが重なってしまい、もうどうにもならない状況でした。その時、人に愚痴ったらみっともない、泣くのは負けを認めること、ましてや、やけ酒ややけ食いに逃げるのは恥ずかしいこと、などと、必死に頑張っていました。特に人前では「そんなことどうってことないわ」を装ってました。

そしてふた月も過ぎた頃でしょうか、体調を崩してしまいました。私の場合は眠れない、ということです。

とても疲れているのに、どうしても眠れません。ベッドに入って目を固く閉じても、頭は冴えたままです。夜が時間を刻んでゆけばゆくほど、眠れないことに焦り、ますます気持ちが昂ぶり、落ち込んでしまうのです。明け方のほんの二時間ぐらい、それがその頃の私の睡眠時間でした。

当然、寝不足から来る頭痛と身体の怠《だる》さで、毎日何をする気にもなれませんでした。いつもぼんやりと、だらーっと過ごし、そんな自分にうんざりする、その繰り返しでした。

そんな状態が続いて、ようやく考えを変えたのです。

愚痴ればいいじゃない。やけ酒もやけ食いもいいじゃない。弱いところ、みっともないところもみんなさらけ出してしまおう。それでストレスが解消されるなら、大いにやろう。

実際それをやり始めたら、何だかスーッと気が楽になり、少しづつ以前の自分が戻ってきました。

コトが大きくなる前に、小出しにしておけば、ダメージも小さいうちに修復できるということでしょうか。

時には、専門医を訪ねてみるという方法もあるでしょう。そういった場所を、根拠なく不安がったり、恥ずかしがったりする必要なんかありません。

自分の身体は、自分でちゃんとメンテナンスしてあげなければ。何せ、一生付き合ってゆくのですから。

頑張りでも必要なのは、何も我慢することだけではない、ということをヒロミのことを聞いて改めて感じました。

グチって、泣いて、へこたれて、ボロボロになって、でも、ちゃんとまた立ち上がれる。

たぶん、必要なのは、そっちの頑張りじゃないかと思います。

もしかしたら、誰も言ってくれないかもしれないので、もう一度、私が言ってしまいます。

これ以上、頑張らなくていいんだよ。

「とにかく何か買わなくては気がすまない」ひとりの心細さと不安をうめるために、私は買って買って買いまくった……

正直に言いますが、私は買物大好き人間です。

かといって、決して買物上手でないところが情けないんですけど。実は、典型的な〝安物買いの銭失い〟タイプです。

ただ安いというだけで何の役にもたたないもの、安いばかりですぐ使いものにならなくなったもの、見るからに安物で人目にさらせないもの、それらが家にはいっぱいあります。

どうやら、その品がどうしても欲しいというわけではなくて、買物をすることで満足するタイプのようです。

だから、たとえば三万円もするブラウスを買ったのだから今月はもう買わない、というようなことができません。すぐまた買いたくなる。そう、欲しくなるのではなく買いたくなるのです。つまり、物欲があるというより、買物欲があるわけです。

この買物欲に見舞われたのは、上京したての頃でした。三十四歳で、もう十分に大人だったのですが、周りに友人と呼べる人がまったくいなくて、心細い思いをしていました。

知っている何人かの編集者はいましたが、あくまで仕事での付き合いです。それに上京はしたものの、この先の仕事もどうなるかわからず、不安な思いでいっぱいでした。

そんな私がしたことは買物でした。

ヒマなので、渋谷とか新宿とか銀座とか、ちょくちょく出掛けました。所詮は田舎者ですからね、物珍しさも手伝って、ファッション誌などに載っている店を歩いて回っていました。

そして、私はその中の一軒のブティックにハマることになるのです。

その頃、私ぐらいの年齢になかなか人気のあるブランドでした。ちょっと値段は張るけれど、私も一枚くらいは欲しいなと思っていました。

「そうよ、頑張って働いてるんだもの。少しぐらい贅沢したってバチは当たらないわ」

みたいなことをつぶやきつつ、店に入りました。

気に入った服はすぐ見つかりました。いえ、本当は全部気に入ったのですが、財布と相談して買えるとなると自ずから絞られて来ます。

グレーのジャージ素材で、セーターとスカートのセットです。なかなかでした。店員さんも感じがよくて、お喋りも弾み、すごくいい気分で店を出ました。

家に帰って鏡の前で再び試着です。でも、服はそれだけよければいいというものではありません。これに似合う靴、バッグ、できたらコートも。ボトムを変えれば違う印象にもなるし、逆にトップを変えれば……三日後、私はその店にいました。バッグを買いました。その二日後には靴を。そうしてひと月の間に、パンツとブラウスも買っていました。

家にいるとその店に行きたくてたまらなくなります。だから「今日は見るだけ」と思うのですが、行ったら終わり、やっぱり買いたくてたまらなくなるのです。洋服が素敵なこともあります。店員の感じがいいこともあります。でも、とにかく何か買わなくては気が済まないのです。

クローゼットにはそのブランドの服がずらりと並ぶようになりました。かといって、買ったものを全部活用していたわけではありません。私は身長が170センチ近くある典型的なLサイズ人間ですが、無理してMサイズのものでも買ってました。時には「気に入ったけど、たぶん自分が着ることはないだろう。でも、これを別の客に買われたくない」、という訳のわからない理由で買ってしまったものもあります。

はっきり言って思考能力がなくなった状態でした。欲しいと思う。即、買う。後先考えずに、これを繰り返していたのです。

そんな状態は半年ほど続きました。こう言っては何ですが、相当つぎこみました。毎月のカードの明細書が怖かったですから。

どうしてやめたかというと、ある出版社のパーティで、私と同じ服を着ている人に会ったのがきっかけです。

もちろん既製服なのだからそういうこともあるでしょうが、その人とまともに顔を合わせた時、私は何だか急に馬鹿馬鹿しくなってしまったのです。

いったい何のために、こんなに必死になって服を買っているんだろう。あれもこれもと手に入れたって、身体はひとつで全部着られるわけじゃない。これぞ、という服を着たつもりでも、こうして同じ服の人に会う。クローゼットの中にたまった服も、その時はすごく気に入ったはずなのに、実際にはそでを通してない服が何着もある。

何なの、これって。

いったい、私は何が欲しいの?

と、真剣に考え込んでしまったのです。

よかったのは、その頃から少しづつ知り合いも増えて来たことでしょう。話す相手もできて、気持ちが楽になったことがあります。

そうすると余裕もでてきて、少し身体を動かそうとスポーツクラブにも通い始めました。仕事が忙しくなったこともあります。私のあのちょっと異常な買物欲は、ようやく息をひそめるようになったのです。

今思うと、代償行為としか思えません。ひとりの心細さや、仕事の不安を、私は買物をすることで埋めていたのでしょう。

人は何かに依存して生きてゆくものです。

依存することで楽になれるなら、それもひとつの方法です。決して悪いことばかりだとは思っていません。ただ、ひとつにのめりこまない。依存を分散させる。それを心がけた方がいいかもしれません。

最初にも書いたように、今も私の買物好きは直りません。それも、〝安物買いの銭失い〟です。後悔もいっぱいしています。情けないといつも思います。

でも、本当のことを言うと、それで気持ちが楽になれるなら、それくらいの無駄遣いは許してやろうという気もしているのです。あんな高いブティックでないのなら。

やっぱりそれってちょっと甘いでしょうか。

女の幸せに、恋よりも不可欠なもの。それは、いい友を持つことである。あなたの求める友情ってどんなのですか？

女性には恋人も必要ですが、それと同様、いえもしかしたらそれ以上に、いい友人を持つことが不可欠ではないかと思います。

恋は、相手の顔や、甘い言葉や、ベッドの中でのいろんなことに目がくらんで、とんでもない最低の男にもハマってしまったりしますが、友情にまずそれはありません。

という意味で、本物を見つけるという点では、恋より友情の方が難しいと言えそうです。

さて、この友情というものには、共有する何かがあって成り立つ、という場合が多いようです。

勤めていた頃のことです。

先輩のお局《つぼね》様がほんとに困った人で、私は同期の女性といつも愚痴をこぼしあっていました。ロッカー室で、給湯室で。お昼休みには近くの定食屋で、休憩時間には廊下の奥のコーヒーコーナーで、退社後には喫茶店で、時には家に帰って電話で、といった具合です。

今のこの状況を理解しあえるのはお互いしかいないと思っていたし、彼女とそれを言い合うことだけが、毎日のストレス解消でした。

ところが、そのお局様が急に結婚退職することになったのです。そりゃあもう、私たちは「やった」と手を取り合って喜びました。これでのびのびできる、自由になれる、と、ふたりで祝杯をあげたのです。

けれども、しばらくすると、私たちはぎくしゃくするようになっていました。ふたりでいても話題がないのです。顔を合わせても黙ったきり。今まではなんて気の合う私たち、と思っていたのに、これはいったいどういうこと？

そこでようやく気がついたのです。お局様への不満以外、ふたりをつなぐものは何もなかった、ということに。

共有するレベルがその程度のものは、結局、そのレベルの友情しか作り上げることはできません。

私たちはお互いを「理解しあえる唯一の友」みたいに思っていたのですが、錯覚でした。単に、愚痴を言い合うのに都合のいい友人だっただけなのです。

人はそういうところがあります。状況いかんで、いろんな勘違いをするのです。まあ、これは恋愛に近いパターンと言える友情かもしれません。

敵がいようがいまいが、失恋しようがラブラブだろうが、仕事にあぶれていようが絶好調だろうが、お金に困っていようが宝くじに当たろうが、そんなこととは関係なしに、会いたい、話がしたい、と思う。会うと元気になれる。相手も元気にしてあげられる。そういう関係が、やっぱり友情ってものでしょう。

だからこそ、友達にはちゃんと礼儀を持って大切に付き合ってゆきたい。できるだけ迷惑をかけずに、信頼関係を継続してゆきたい……と思っていたのですが、最近、ちょっと衝撃的な話を聞いて、考えさせられてしまいました。

ある知り合いが、親友の借金の保証人になったというのです。

私としたら、いくら親友と呼べる間柄でも、ハンコを押すのはマズイのでは、と思ったわけです。けれど、彼女は言いました。

「私だってバカじゃないんだから、誰にでも押すようなことはしないわ。でも、彼女のことは信じてるから。もし、彼女が払えなくて、私に負債がかかったとしても、できる限りのことはする。そうなるにはよほどのことだと思うから。これがもし反対の立場だったとしても、彼女もそうしてくれるわ」

あまりにも有名な太宰治の『走れメロス』という小説があります。お互いをどこまで信じられるか、ということをテーマにしています。きっと誰もが感動するでしょう。

けれど、それを自分の身に置き換えた時「あんなの、所詮は綺麗事」と思ってしまう。さもなくば、友情に命をかけるなんて青臭い、と斜めに見てしまう。でもそれは、もしかしたらそんな友を持つことのできない自分の負け惜しみ、または開き直りなのかもしれません。

私は、正直言って、たとえどんな親友でもやはり保証人のハンコをすんなり押せる勇気は今のところまだありません。もし、しわ寄せが全部来た時、相手を恨んでしまうに違いないから。

そのかわり、押して欲しいと、頼むこともしたくないと思っています。どんな状況であれ、他人に迷惑はかけたくないから。特に大切な友人には。

そう思いながらも、どこかで彼女の言葉が頭の中に引っ掛かっているのも確かなのです。

どこかで、そんな迷惑をかけ合える友達を持ちたいと思っている自分がいるのです。

結婚しなければ幸せになれない、
そう思いこんでいた二十代。
幸福はもっといろんな形をしているものだったのに。

結婚に関しては、意見がはっきり分かれるようになりました。

やはり最近の傾向としては、

「結婚はしない。子供は産むかもしれないけれど、夫はいらない。妻にも主婦にもなる気はない。やりがいのある仕事と経済力、信頼できる友人、そして恋人がいればそれでいい」

という女性が増えているようです。

もちろん、まだまだこちらの女性も根強くいます。

「結婚したい。絶対にしたい。好きな男と、あたたかい家庭を築きたい。家事をし、夫や子供の世話をするのが私の幸せ」

正直言って、これはもう、どっちでもいいと思うんです。

別にどちらの生き方が正しいってわけではありません。結婚しようがしないでおこうが、自分にふさわしい選択をすればいいだけのことです。

けれども、時折、選択の理由が否定から始まっている場合があります。それはちょっと違うかな、という気がします。

たとえば結婚はしないと言っている彼女。なぜしないのか、と聞くと、こんな答えが返ってきました。

「周りのカップルを見たって、うんざりするのばっかりなんだもの。妻が家事も子育てもみんな押しつけられて、損しているとしか思えないの。経済的にも大変だしね。それに、これだけ離婚も多いでしょう。結婚なんてするだけ無駄としか思えない」

そう言われると、私の周りにいる既婚カップルたちも、それに近いケースが多いので一理あるなあと思ってしまいます。

でも、もう少し突っ込んで考えてみると、それはその人たちの、結婚の在り方とか、パートナーの選び方が違っていたのであって、結婚そのものを悪者扱いするのはちょっと違うんじゃないのかなぁ、とも思えるのです。

あんな結婚したくない、と思うなら、自分は違う結婚をしてみせる。家事も子育てもみんな押しつけられるのはたくさん、と思うなら、それをこだわりなく共同作業にできる相手を探す。

そんな男いないって？　いえいえ、それこそが思い込みではないでしょうか。

結婚している人は、確かによく愚痴や不満をこぼしますが、結婚しているからこそ味わえる幸福もそこにはあるはずです。まあ、あまりそこは見えないですけど。

結婚しないなら、それでもいいと思います。そういう選択があって当然です。

けれど、結婚とはこういうものだ、と決めつけて「だからしない」と結論を出してしまうのは早計というものです。他人の結婚を、自分の結婚の青写真にはしないことです。

そういう意味では、彼女とは反対の、ぜひとも結婚したい、結婚しなければならない、と思っている女性も同じではないでしょうか。

結婚さえすれば幸せになれる、いいえ、結婚しなければ幸せになれない、もしそんな思い込みがあったとしたら、後で大きなしっぺ返しをくらってしまうでしょう。

結婚願望が強く、何がなんでも結婚しなきゃ、と考えている女性たちに共通しているのは、打ち込めるもの、楽しめるものを持っていないということがあるような気がします。仕事が好きになれない、趣味がない、毎日が楽しくない、そのはけ口を、結婚に向けてしまうのです。たぶん、結婚だけが、今の自分を打破できる大いなる解決策みたいに思えるのでしょう。

でも、はっきり言ってそれは甘い。そんな思いで結婚しても失望するだけです。と、こんな意地悪なことを言ってしまうのも、実は私がそうだったから。二十代はそれこそ結婚神話に魅せられて、結婚しなければどうやって生きてゆけばいいのかまったくわかりませんでした。

押入れの中には、結婚したら使おうと、もらいもののお鍋とか、友人の結婚式の引き出物のコーヒーカップとかがヤマのように詰まっていました。

それだけならまだしも、何か新しいことを始めるにしても「もし結婚したら無駄になる」なんて考えて、何もしようとはしなかったし、転職だって考えたことがあったのですが、それも実行には移せませんでした。

あの頃の自分を思い返すと、歯痒くてなりません。もっといろんなことを試せばよかった。無駄になることを怖れる必要なんかまるでなかった。何より若かった。

どうして自分で年だなんて思っていたのでしょう。さまざまな可能性を、アテもない「結婚」という二文字で自らつぶしていたんですから。

それに、あの頃の私はちっともモテませんでした。当然だと思います。ちょっと男の人と知り合っても、いつも「もし、この人と結婚したら」と想像してしまう。そのオーラみたいなものは、やはり相手にも通じるらしく、最初からそれじゃ鬱陶しくてデートに誘う気にもなれなかったのも当然です。

昨年の離婚の数を知っていますか。22万組以上です。そんなにいるんです。この現実を見て、まだそれでも結婚しなければ幸福になれないと思いますか。

なんて、ついリキが入ってしまいましたが、詰まるところ、結婚に対して「しない」でもなく「しなければ」でもなく、もっとナチュラルな気持ちでいたいと思うわけです。

結婚したいと思う人が現われたら、結婚すればいい。結婚して欲しいと言われても、その気になれなかったらしなければいい。問題を間違えないことです。

大切なのは、結婚ではなくて、相手です。

人は幸福になるために生きています。

幸福はいろんな形をし、またいろんなところに存在しています。

そのひとつにたぶん結婚もあるのでしょう。

そのことをちゃんと頭の中に入れて、自分なりの幸福を探したいと思います。

「もう信じられないくらい、お肌がピンとします」
そう言われて買った五万円のクリーム。
化粧の変遷は女の人生そのものだ。

思い起こせば、初めてお化粧をしたのは十八歳の時です。

高校卒業間際に、学校に大手化粧品メーカーの美容部員がやってきて、手ほどきをしてくれました。

地味な田舎の高校生のこと、それまでリップクリームぐらいしか持っていなかったので、これから私も大人の女なんだわ、と妙にドキドキしたのを覚えています。

それにくらべて、今の女子高生たちのお化粧のうまいこと。高度なテクニックを駆使していて、思わず、「ねえ、その眉カットの仕方教えて」と、聞きたくなってしまいます。

もちろん、ぜんぜん似合わない子もいるし、なぜわざとそんな不細工にしなくちゃいけないの？　と理解できない子もいますが（いちおう皮肉は言わせてくださいい）、まあ好きでやってるわけだから、好きなだけやるしかないでしょう。

とにかく、初めてのお化粧からふた昔以上の年月が過ぎました。あきもせず、私はお化粧を続けています。

上手下手はおいといて、お化粧は好きです。基礎からメイクまで、マニアではないけれど、結構、試しています。

やはり、年をとると気になるところも多くなるので、多少高くても「これで解決するなら、えーい」という気持ちで買ってしまうこともしばしば。

今まで誰にも言わなかったのですが、ここで告白。いちばん高いクリームは五万円もしました。

「もう、絶対、信じられないくらい、お肌がピンとします」

と、言われ、ついくらくらっと買ってしまったのです。ただでさえ高くてもったいないのに、それがまた小さなビンに入っていたので、私は小指の爪でちょこっとすくい、チマチマと顔に塗り付けていました。

そのせいか効果は今ひとつ。期待したものはまるでなし。今になって、騙されたのかも、と思ってます。

けれども、よくよく考えてみれば、今まで悩みを完全に解決してくれた化粧品と出会ったことは一度もありません。

美白に、シミに、シワに、ハリに、くすみに、たるみに、乾燥に、悩みはあるわ、あるわ。使いはじめは「あ、これはいいかも」と思うことは確かにあります。でもはじめだけ。たいてい「あーあ」で終わってる。なのにやっぱり新製品が出たり、これがいいと雑誌に載ったりすると、買いに走ってしまうのです。

今度こそは、私に合った、画期的なものに違いない。

という、期待を捨てられずに。

基礎化粧ばかりでなく、メイクも同じことが言えるようです。

その時代時代に、流行のメイクというのがあるでしょう。若い頃は特に、自分の顔がよくわかっていないから、似合う似合わないより、とにかく流行のをやってみるわけです。

私のOL時代の写真は、結構恥ずかしいものがあります。特に二十代の半ば頃のです。あの頃は太眉が流行っていたのですが、今見ると、ほとんど金太郎状態です。そのうえ、パールピンクの口紅で、頬にはばっちり頬紅が入ってます。年よりずっと老けて見えるし、何かスレた感じもします。

なんであんなメイクをしていたんだろうと、写真を見るたびため息が出てしまうのですが、あの頃はそれで決まってると思ってたんですよね。

何より、周りのみんながそのメイクでしたから。早い話、自分の顔立ちより流行が先にあって、太眉が流行れば太眉、パールピンクならパールピンクと、みんなと同じでなければ不安でならなかったのです。

それは自分の在り方をも象徴しています。

あの頃の私は、とり残されるのが怖くてたまりませんでした。みんなと同じでなくちゃ、という根拠のない強迫観念にかられ、ふうふう言ってました。

その頃の写真を見ると不安がってる自分がよく出てます。たぶん（正直に言っちゃいますが）結婚を焦ってたのでしょう。二十代半ば、微妙な年齢でした。みんな結婚し始めたのに、私だけ相手がいないのはなぜ？　嫁《とつ》ぎ遅れるのはいや、というふうに。

今となってみれば、お化粧と同じように、みんなと同じにしていれば幸せになれる、と信じていた自分が、可愛くもあり、懐かしくもありますけど。

そういった時期を通り越し、少しは大人になった私ですが、実はもう一度、やけにメイクにこだわった頃があります。

それは今の仕事に入ってから三年ぐらいたった頃でしょうか。時折、パーティなどに出るのですが、その時、みんなと同じはイヤだ、と思うようになったのです。

三十代に入っていたこともあります。もう若さをウリにはできないこともわかってました。

それはＯＬ時代とはまったく逆の発想でした。

「やっぱり個性がなくちゃ。こんな仕事を始めたのだもの、自分の個性というものを前面に出さなければ」

と、考えたのです。

で、これまたその頃の写真が恥ずかしい。

ファッションも含めて、気合いが入り過ぎているのです。

私は私よ。みんなと迎合なんかしないわ。頑張ってるんだから。これでも一生懸命、仕事をする女をやってるんだから。

と、まあ、そんな感じで肩に力が入ってること。

これまた不安だったのでしょう。安定したＯＬから、先の見えない世界に入って、どこかで突っ張ってないと、弾き飛ばされてしまいそうな気がしていたのです。

あの頃、男が寄って来なかったわけがよくわかります。きっと、私には何か鬼気迫るものがあったに違いありません。あれじゃあね。

まあ、そうやって今に至るわけです。少しはお化粧も上手くなったと思うのですが、どうでしょう。正直言ってよくわかりません。

ただ、ひとつ言えることは、やっと自分のためにお化粧することができるようになった、ということでしょうか。

それまで、自分以外の誰かのため、誰の目にどう映るか、それをいちばんに考えていたように思うのです。

たとえばデートでは可愛らしく思われたいとか、仕事の時はキリッと見せたいとか、年上の人と会う時は知的でいたいとか、なるべく本当の自分をカバーして、もうひとりの自分を演出するために化粧をしていたわけです。

もちろん今も、ある程度使い分けはしています。けれども、根っこのところの気持ちは違っています。

私は本当はちっとも可愛くないし、キリッともしてないし、知的でもありません。でも、これが私なんです。というように、実際の自分がそのまま真っすぐに相手に伝わるような化粧をしたいと思うようになりました。

私を隠す、から、私を理解してもらう、という化粧に変わったということでしょうか。

そうすることによって肩の力が抜け、その分、気分も楽になりました。

世の中には、やはりどうすることもできない美人不美人の差があって、それはお化粧だけでは埋められないギャップでしょう。

そうやって、鏡を見ながら百万回もため息を繰り返して来たわけですが、お化粧をするという楽しみは美人より知っているはずです。

まあ、それくらいの気持ちでいないと、とても女を張って生きてゆけません。

これから年を重ね、シミもシワも増えます。

でも、老いることと醜くなることとは違うはずです。そういう女性を、実際、何人も見て来ました。

憧れます。できるものなら、私だってそうなりたい。美人は無理なのだから、せめて（無謀な望みではありますが）魅力的な人、と言われるようになりたい。

それがこれからの私の課題です。

痛い目、というのもまた人生の醍醐味である。痛い目にあうのを恐がっていては、本当に大切な人とも出会えない。

人を見る目、という点では実はあまり自信がありません。

これでも結構慎重に生きてるつもりなのですが、時々コロッとやられてしまいます。

よくある話だけれども、相手を信用して話したことがとんでもないところに流された、というのは誰もが経験しているでしょう。

私にもあります。

あの知り合いのことは、今思い出しても「まったく、よくやってくれたわね」という感じでしょうか。

本音っていうのは、交換条件ってところがあると思うんです。

あの時も、彼女は私に本音を打ち明けました。今思えば、それが本音だったかわからないのだけど「あなたを信頼してるから打ち明けるのよ」みたいに言われると、何だかこちらも覚悟をかためなければならないような気分になりました。そうして、その交換条件として、私も本音を喋ってしまったわけです。

いいのかなぁ、こんなところで言っちゃって。

と、いくらか躊躇はありましたが、彼女の本音を聞いてしまった以上、私も話さなければ裏切るような気分になっていました。

それがきっかけで、まあ内容的には大したことではないのですが、その私の本音の伝わり方に問題があって、長い間、ある人と気まずい間柄になってしまいました。

それも元をただせば私が軽率ということなので、仕方ないと言えばそうなのですが。

でも、やっぱり、ちょっとまだ腹を立ててるぞ。

世の中には本当にいろんな人がいます。被害妄想のかたまりとか、とんでもない虚言癖とか、噂好きとか、その場を面白くするためには何でも言うとか、相手を窮地に陥れようとか、何とかお金を巻き上げようとか。

そんなことはあんまり考えたくはありませんが、悪意を持った人間は確かにいる、という現実もあるのです。

そんな人間とは一生関わらずに済ませたいところですが、なかなかそうはいきません。そういう人に限って、優しい笑顔で近づいて来たりするのです。

何だか書いていていやになってきました。悪意を探るって、それだけで本当に気持ちが滅入ってきます。でも、時には、こういったいやなことも書かなければならないと思います。もう少し、聞いてください。

人を見る時、あなたはどんなところに気をつけますか。

私は、先に書いた彼女のことがあって以来、いきなり打ち明け話をしてくる人にはちょっと警戒心を持つようになりました。やっぱりそれは一種のエサのような気がするから。

それに考えようによっては、親しくもないのにいきなり「あなたにだけ話すわ」みたいなのは暴力でもあると思うのです。自分のしていることが相手に負担を与えている、ということがわからない人間は、やはり警戒した方がいいと思ってます。

かといって、あまりにも本心をさらさない人、というのもやっぱり敬遠したい。長くつきあっているにもかかわらず、いつまでもそういう状況では、結局相手は私を信用していないということですからね。

安請け合いする人も、ちょっとかな。別に頼んでいるわけでもないのに「それは私に任せておいて」という人に限って、土壇場になって「駄目だった」みたいなことを平気で言ってくるものです。でも、ちゃらちゃらしているようでもやることはちゃんとやる、という人もいるので、一概には言えません。

そう言えば、男にかなりお金を貢いで、そのまま逃げられたと泣いていたあの女性。

例に漏れず「そんな人には見えなかった」というセリフを口にして、彼女は肩を落としていましたが、恋はだいたいが目を眩ませてしまうもの。ふだんは冷静な女性もコロッとやられてしまいがちです。これは男のタイプ云々よりも、恋を感じた自分に要注意ということでしょうか。

恋愛がらみに関しては、たいていの女性が私は大丈夫と思っているようですが、それはそんな男と巡りあっていないだけで、会ったらイチコロに騙されてしまうということもあるようです。

私も時々思います。その可能性も十分にあるなあって。これぱっかりは、そんな男と出会わないことを祈りたいです。

世の中にはまずおいしい話はないと思っておいた方が無難でしょう。

「幸運です」「特別です」「選ばれたんです」「ここだけの話です」「お得です」「今だけです」「絶対です」「私を信じてください」

こういうのは、みんな胡散臭い。まず信じてはいけません。

いいですか、世の中すべて疑ってかからなくては。人を見たら泥棒と思わなくては。情報収集には力を入れて、評判の悪い奴や、悪い噂のある奴には近づかない。やっぱり君子危うきに近寄らずがいちばん……なんだけれども……。

かつて、私は仕事でAさんという人と会うことになりました。噂で聞いたところによると、

「計算高くって、人を利用するのが平気な人」

なんだそうです。

「やだなぁ、そういう奴なんだ」

と、私の頭の中ではすでにAさん像が出来上がっていました。

だから、実際に会った時も、最初からそんな目で見ていたので、結局、話はうまくまとまりませんでした。その時は、それで、

「よかった、関わり合いにならずに」

と、ホッとしていたのですが、しばらくして、別の人からこんな話が耳に入ってきたのです。

「Aさんって、いろいろ噂もあるし、実際、とっつきは悪いけど、まじめだし責任感はあるし、私はああいう人と仕事をしたいなあっていつも思ってるの」

驚きでした。そして、自分の幼稚な判断が恥ずかしくなりました。

身を守ろうとすることに意識が向き過ぎたために、くだらない先入観にとらわれ、誰でもない、自分の目で見るということをすっかり忘れてしまったのです。

もちろんこれには逆の場合もあるわけで、いい評判ばかりを信用したために、とんでもない目にあったということもあるでしょう。

もしかしたらリスクを背負うことになるかもしれない。けれども、人に対して先入観を捨て、常にナチュラルな感覚で接したい。

私以外の誰かがその人のことをどう思っていようと、私自身がその人をどう思うのか、その感覚を大切にしたい。

そのことを強く感じました。

小さい子に、熱いということを覚えさせるには、言葉だけでなく、本当に熱いものにちょっと触らせるでしょう。人に対しても、そういうところが必要だと思うのです。

誰も、痛い目なんかにはあいたくありません。けれども、それを恐がってばかりいたら、本物を知ることもできなくなってしまうでしょう。回避する知恵を身につける前に、身をもって知っておくことも大切です。

そうでなければ、逆に、本当に大切な人との出会いも、棒に振ることになってしまうかもしれません。

ずっと前、私をちょっと痛い目にあわせてくれた彼女。

あの時は、とても腹がたったけど、今はむしろ懐かしい気がします。彼女も彼女で一生懸命だったのでしょうね。私も私で本当に、笑ってしまうくらい世間知らずでした。

痛い目、というのも、これはこれで、人生の醍醐味なのですね、きっと。

II

「デブがうつる」好きな男にそう言われた彼女を、美しくしたのは〝怒り〟だった。

突然ですが、質問です。

あなたは最近怒ったことがありますか？

キレたことありますか？

私なんかもうしょっちゅう。今日も、他人の迷惑を顧みず、道を独占してお喋りに興じている女子大生軍団に、思わず後ろからケリを入れたろか、と思ってしまいました。

でもまあ、こんなのは怒りのうちには入らないでしょう。所詮、怒りのとばロをちょこっと刺激されただけのこと。おいしいものでも食べれば、きれいさっぱり忘れてしまいます。

けれども、ある意味で、もしかしたら人を動かすのは怒りかもしれないなぁ、と思ったことがあります。

ある女性の話です。

とても綺麗でスタイルもよく、いつも気持ちのいい笑顔を浮かべている魅力的な女性です。

実は彼女、高校生までは信じられないくらい太っていたというのです。

とにかく食べるのが好きで、特にカロリーが高いスナック菓子関係に目がなく、太っていることを気にしつつも、ついつい手が伸びてしまっていたらしいのです。

そんな彼女に好きな男の子ができました。彼は優しい男の子で、彼女を「デブ」なんてからかう生徒の多いなか、決してそんなことは言いませんでした。逆に「他人の言うことなんか気にするなよ」と言ってくれていたぐらいなのです。

そんな彼の優しさに、彼女が惹かれてしまったのも当然と言えるでしょう。

ある日、彼女は一大決心をして調理実習の時に作ったクッキーを彼に渡しました。

好き、だなんて言葉にする勇気はとてもありません。こっちを向いてもらおう、とも思っていたわけではありません。ただ、自分の思いをほんの少しわかってもらいたかっただけです。それは感謝の気持ちに似ているものでした。

ためらいながら差し出すと、彼は驚いた顔をしましたが、結局は「ありがとう」と言って受け取ってくれました。

ただそれだけのことでしたが、彼女は天にも昇るような気持ちだったのです。

けれど、それからすぐ後に、とんでもないことを聞いてしまうことになるのです。

放課後、部活の帰りに教室に戻ると、彼が机に置いたクッキーを見下ろし、何人かの男の子たちとケラケラ笑いながら、

「参ったよ。こんなの食ったら、デブがうつる」

と言っていたのです。

それを聞いた時のショックといったら……もう、痛いくらい察しがつきます。

その上、

「おまえのこと、好きなんだろ」

という男の子に、彼はうんざりしたような顔で、

「だからブスはイヤなんだ。ちょっとしたことで、すぐ舞い上がってさ」

受け取ってくれたことを本当に嬉しく思っていただけに、彼女は大きなダメージを受けました。

そんな目で見ていたのなら、最初からみんなと同じようにからかってくれればよかったのに。人のいいふりして。人の弱みにつけこむような真似をして。そのタチの悪さが、彼女の自尊心を深く傷つけることになったのです。

悲しみの後、彼女の胸の中にもくもくと怒りが湧いて来ました。

「絶対に痩せてやる」

その時、彼女は心からそう思ったそうです。

それから高校を卒業し、進学し、バイトをしながらダイエットをし、エステに通い、それこそ涙ぐましい努力をして、一年後、彼女は見違えるほどスリムで美しい女性に変身しました。

一年後のクラス会。その時の周りの反応。みんな一瞬、誰だかわからなかったようです。デブがうつると言ったあの彼も、よほどびっくりしたらしく、チラチラ視線を送って来ます。そしてなんと、帰りぎわにアプローチして来たのでした。

「よかったら、今からちょっと飲みに行かない?」

そう言われた時、彼女はぴかぴかに磨き上げたボディと顔でにっこり笑いました。

「デブがうつるわよ」

一瞬、何のことかわからなかったようでした。

「何のこと?」

「ブスはすぐ舞い上がるからイヤなんでしょう」

ようやく彼は気がつき、顔を真っ赤にして、すごすごと帰って行ったそうです。

やった、やりましたね。他人のことながら、胸がスーッとしました。

このての話、私は大好き。

彼女をそこまで美しくしたのは、やはり怒りというものでしょう。

もしあの時、彼の言葉に「どうせ私なんか」と、悲嘆にくれるばかりでは、彼女はきっと太っているだけでなく、性格まで暗いいじましい女性になっていたに違いありません。でも、彼女は見事、その怒りをバネにしたのです。怒りはつい、マイナスに考えがちですが、彼女は、それをプラスの方向に持っていったのです。

その証拠に、彼女は最後にこう付け加えました。

「もちろん、すっきりしたわ。でも、それは一瞬のことで、すぐに馬鹿馬鹿しいと思ったの。もう、そんなことは忘れようって。彼のことなんかどうでもいいって。不健康じゃない限りなら、太ってたってかまわない。必死になったからこそわかったの。太いとか細いとか、そんなこと所詮、大した問題じゃないってことが」

怒りが自分を美しく変えてくれたことは確かだけれど、これからの自分をその怒りに縛りつけたくないと、彼女は思ったのです。

今、彼女は健康的な体型を維持しています。綺麗になったのだから、もちろんそれは大いに楽しんでいるようですが、前のような「絶対痩せてやる」という悲壮感はなく、ゆったりとした気持ちでいるようです。それがまた、自然と彼女にふさわしい身体を作ってくれているみたいです。

こういうの、よくある話だ、と思う人もいるでしょう。男を見返す典型的なパターンですからね。

でも、よくありそうで、実際そうするのは本当に大変です。私だって「いつか綺麗になって、あいつを見返してやりたい」と、何回思ったことか。でも、大抵は挫折しています。

そうして、その時感じた怒りをただの恨みに変えて、胸の中でじくじく煮詰まらせてゆくのです。

怒りを、相手を見返すためだけに費やすのではなく、彼女のようにうまく転換させたいとつくづく思います。

では、もうひとつ。これは仕事関係の話なのですが、フリーのイラストレーターであるA子は、雑誌社の女性編集者にイヤというほどイビられていました。

それは新人を育てるなんてレベルのものではなく、八つ当り、いじめ、ウサ晴らしといっていいものです。その女性編集者の方もいろいろとイヤなことがあるらしく、早い話、A子をいい標的にしていたようなのです。

ずっと我慢をして来たA子でしたが、ついに切れました。そしてその怒りをとんでもない方法を使って発散させることにしたのです。それは、その女性編集者が付き合っている恋人を奪ってしまうことでした。

同じ仕事関係の男だったので、A子はいろいろと策を練り、その男に近づきました。恋をすることが目的ではなく、奪うことが目的です。うまくというか、とにかく、簡単に男とそんな仲になりました。

それを知った女性編集者はひどいショックを受けたようです。恋人と大モメし、すっかり意気消沈し、やつれ果てました。

A子は私に言いました。

「ほらね、してやったわ」

聞いてる私は、すごく不快な気持ちになりました。たぶん、これを読んでいる方も、今、同じだと思います。

そのやり方じゃただの報復です。怒りをもっとも醜いやり方で発散してしまったという感じです。

怒りを持ったということはエネルギーを与えられたのと同じです。せっかく与えられたエネルギーを、くだらないことに使うのはもったいないじゃないですか。

怒りの方向性を間違えないことです。

怒りが湧いてきたら、しめしめと思い、それを自分に最大限に有効利用しましょう。

綺麗になるために。

仕事に実力を発揮するために。

みんなに「見違えた」と言われるために。

そんなふうに考えていると、怒りさえもわくわくと楽しめそうな気がしてきませんか。

「ひとりで生きてゆけるなんて強いわね」三十歳になる直前に言われた言葉。強い女って何だろう？

あれは三十歳になる直前だったと思います。

お見合いで結婚が決まった友人と飲んでいる時、こんなことを言われました。

「あなたって強いわね」

「どうして？」

「だって、ひとりで生きてゆけるんだもの。私はダメ、とてもできない。だから、正直言ってそんなに好きじゃないけど、あの人と結婚することにしたの」

私はつくづく彼女の顔を眺めてしまいました。

私が強い？　よく言うわ。あなたの方がよっぽど強いじゃない。いくらひとりで生きてゆけないからって、好きじゃない男と結婚できるんだもの。私だってひとりは不安。でも、できない。好きでもない男と結婚なんて、とてもできない。

あなたはどう思いますか。

私と彼女、どっちが強いと思いますか。

さて、これは最近の話です。ある女の子が言いました。

「モテる彼をこちらに振り向かせるために、私、本当に頑張りました。だってライバルばっかりだったんだもの。痩せてるのが好きだと聞いて必死にダイエットしたし、料理は苦手だけど彼のために毎日お弁当を作ったし、趣味も合わせるために、今、スノーボードに挑戦中です。私があまり変わったんで、女の子の敵も作ってしまったけど、仕方ないと思ってます。いいんです、女の子に嫌われても。彼さえ、私をちゃんと見てくれているなら」

やりますね。お見事です。恋のためならどんな苦難も乗り越えてみせる。そんなガッツはなかなか持てるものじゃありません。その強さがあったからこそ、彼の心を射止められたのでしょう。彼女はきっと、周りから「強い女」と呼ばれるでしょう。

もちろん、それに異論はないのですが、じゃあそれができなかった方は「弱い女」ということになるのか、というと、そういうわけでもありません。

彼女との恋の争奪戦に破れた方の女の子の話です。

「私、彼のことはすごく好きだったけど、いくら痩せてるのがタイプでも、食べることが好きだからダイエットは無理だし、料理も苦手だからお弁当なんかとても作れないし、好きでもないスノーボードなんてまったくやる気なし。ましてや、女友達を敵に回してまでのめり込むなんてとてもできない。結局、彼はモノにできなかったけど、まあ、これじゃ負けてもしょうがないわよね」

このセリフを聞いて、彼女を弱い女と思いますか？

誰も思わないでしょう。むしろこっちの女性の方が強いなぁって感心してしまいます。

確かに彼は好きだけど、それによって自分を無理に変えるつもりはまったくない。それを堂々と宣言するなんて、これは強くなければできない芸当です。

彼に好かれるために、自分を抑えて、違う自分を演出して、無理に彼の好みに合わせて、それで彼がこっちに向いたとしても、それで本当に自分に惚れさせたと言えるのでしょうか。むしろ、弱いからこそすべて彼に合わせようとする。ありのままの自分に自信がないから、つい彼の好みを目標にしてしまう。そう考えたら、そんな女性の方がよほど弱い女と言えるはずです。

でも、意志を貫徹するのは、それはそれでやはり強くなきゃできないことだ、と思う私がいるのも本当です。難しいところです。どっちがどっちと、いちがいには言えないんですけど。

きっと女の強さや弱さは、型にはめられるものではないのでしょう。

ましてや対極にあるものでもないのです。ふたつは常に同じところにあって、時として、強くなったり弱くなったり、姿を変えるものなのです。

早い話、どっちが強くてどっちが弱い、ではなくて、どっちも強くてどっちも弱い、ということでしょうか。

「私って弱いから、もうダメ」

と、つぶやく女性の、したたかなまでの強さを、誰もが何度もまのあたりにしてきたはずです。

「私は強いから大丈夫、心配しないで」

と、胸を張る女性の、あっけないくらいの脆《もろ》さにはらはらしたこともあるはずです。

いちばん困るのは、その判断を自分自身でできない、ということかもしれません。

もし今、あなたが「自分は弱い人間だ」と肩を落としている状況であるなら、それは弱いんじゃなく、きっと強くなるための一歩なのです。だから何も心配することはありません。

大いに、自分の弱さを見つめてください。

そして、そんな弱い自分を受け入れ、恥じたり迷ったり葛藤したりしながら、それでも明日また頑張ろうと思える自分を褒めてやることです。

きっと、そうやって強さというものが少しづつ身についてゆくのだと思います。

美輪明宏さんの言葉にこういうのがあります。

「私は強い男と弱い女は見たことがない」

ただ、もう、すごいです。

終わった恋の忘れかた。
思い出を美化しない。自分の恋を特別にしない。
カラ元気でいいから出してみる。

恋の話です。

恋といっても、終わった恋の方です。

もしかしたら、それはもう恋とは呼べないものかもしれません。

そんな恋の話です。

さて、もしそんな恋と直面した時、しなければならないことはひとつだけです。

忘れること。

ええ、そのことはみんなわかっていますよね。今さらでしょう。

なのにできない。もう二度と彼は戻って来ないのに、心が期待を捨てられない。

そういう状態は、他人から見れば、そこここに溢れている失恋に映るでしょう。そんなのよくある話じゃないの。時間がたてば立ち直れるわ。世の中、彼だけが男じゃないんだから。次にいい人が現れるって。

などと、常套句を口にするでしょう。でも、そんな言葉では少しも心は癒されません。

「誰にも私の苦しみはわかってもらえないんだ」

と、ますます殻に閉じこもってしまうのです。

もうずっと前のことですが、友人K枝が、結婚まで約束していた彼と別れてしまったことがありました。

当然、K枝は落ち込み、私は彼女を励ましました。でも傷は深く、なかなかK枝は立ち直れません。家に引きこもり、仕事にも身が入らぬ日々が続いています。

私はひたすらK枝の話を聞いてあげました。やけ酒にも夜の長電話にも、精一杯付き合ってあげました。それしか自分にはできないと思っていたからです。

けれども、そうしているうちに、私はあることに気がついたのです。

黙って聞けば聞くほど、K枝の話はどんどん後ろ向きになり、美化されてゆくのです。

たとえば、こんなふうです。

「私、もう一生恋なんかできないと思う。彼みたいな人がいるわけないもの」

「私たちは特別だった。きっとこんなドラマチックな恋愛をした人はいないわ」

ある意味では、そこまで言えるのは、とても素敵なことかもしれません。

「あんな恋、しなけりゃよかった」

「所詮、最低の奴だった」

なんて思うよりは、ずっといい思い出になったわけですから。

でも、人は思い出の中だけでは生きてゆけません。それに、思い出というのは、時間がたつにつれ、自分に都合よく作り替えられてゆくところがあると思うのです。

彼との恋はK枝の言う通り、きっと素敵なところがたくさんあったのでしょう。でも、それればかりじゃなかったはずです。いやなところだってあったはずです。

だって、もし本当にその恋が他の恋よりも素晴らしく、お互いを深く思い合っていたのなら、別れることなどなかったのですから。

私はついに、K枝に言ってしまいました。

「ねえ、振り返るのはいい加減にして、そろそろ現実と向き合おうよ」

やっぱりK枝はそれなりに傷ついたようでした。でも、私はそれも仕方ないと思っていました。誰かが言わなければ、K枝はこれからもずっと、過去だけで生きてゆくことになると思ったからです。

だいたい今はそんなことに時間を使ってる場合じゃありません。そんなことしていたら、新しい出会いに気づかないかもしれない。仕事や友人たちに見放されてしまうかもしれない。もったいないじゃないですか。

失恋は誰にでもあります。自分だけが特別な不幸を背負ったわけではないのです。それでもみんな、頑張って前に歩きだしているのです。

みんなにできて、自分にできないわけはありません。できないのは、傷が深いのではなく、ただの甘ったれです。

確かに、すぐに立ち直れって言ったって、それは無理でしょう。そのことは私にもわかります。私だってそうだったから。

でも、どこかでラインを引かなくては。散々泣いて、愚痴って、嘆いて、コキおろした、その後に。

「もう、これで終わりにしよう」

と、決める。

意識してその話題を口にしない、考える時間を持たない、というふうに。

そうやって、面倒でもいろんな所に顔を出してみる。趣味でもスポーツでもいいから新しい何かを始める。くたくたになるまで仕事に打ち込む。そういった課題を自分に与えるのです。

落ち込むという状態は、とても苦しいようでいて、実は居心地のいい場所でもあります。そこでは自分を思いっきり可哀相がることができるのですから。

でも、そこに長く身を沈めていては、竜宮城と同じになってしまいます。あまりに長居し過ぎて、じゃあそろそろ、なんて現実に戻ってみると、髪の毛が真っ白になっているかもしれません。

とにかく、自分に少し無理をしてでも、そこから自分を遠ざける。カラ元気でも、虚勢でも、何でもいいから。

それをやってから、もう一度、その恋をゆっくりと振り返ってみましょう。

その時、まっすぐな気持ちでひとつの恋の終わりをちゃんと受け止められるに違いありません。

恋なんてみっともないもの。

プライドという名の虚栄心など捨ててしまおう。

失ってからじゃ遅いのだから。


「私のプライドが許さない」

もしくは、

「いいの、もうプライドなんて捨てたんだから」

なんてことを口にする時はありませんか。

それも、恋に関して。

私は時折、恋の相談を持ちかけられるのですが、こういったパターンがどれほど多いか。

付き合っている彼に、どうやら女ができたらしい。けれど、自分から連絡したり、泣いてすがったりできない。

「好きなんでしょう。だったら素直に気持ちをぶつければいいじゃない」

と言っても、彼女たちは真剣な顔つきでこう答えるのです。

「そんなこと、私のプライドが許さない」

そうかな、素直に気持ちをぶつけることは、そんなに大層なことかな。

「当たり前でしょう。彼の前で、みっともない自分を晒《さら》したくないの」

「じゃあ、このまま黙って彼が離れてゆくのを見てるつもり？」

彼女はいくらか胸を張って答えます。

「まあ、そうなったら、そうなったで仕方ないわ。覚悟はしてるわ」

全然仕方なくなんかないくせに。覚悟なんかしてないくせに。もし、本当に彼が離れていったら、大パニックになるに決まってる。

失ってからじゃ遅いんです。その時になって、

「あの時、もっと手を尽くしておけばよかった。私はこんなにあなたが好きだってこと、ちゃんと伝えておけばよかった」

と、後悔しても手遅れなんです。

恋なんて所詮、みっともないことなんだということが、どうして受け入れられないのでしょう。

正直に言います。これ、実は私のことです。

そんなにプライドって大切なものでしょうか。そもそも、そんなことに対して、プライドというものを口にする必要があるのでしょうか。だいたい、そこに持ち出されるプライドって、いったい何なのでしょうか。

何も、これは恋のことばかりではありません。

ある女性が、仕事に必要なパソコンを使いこなせず、四苦八苦していたのですが、どうしても同僚たちの助けを借りることができないのです。それ以外の仕事はできる人だったから、なおさらなのかもしれません。

けれども、それでとんでもない残業を、ひとりで延々と続けなければならなくなっているのです。

「これは私の責任だもの、私がやるわ。だいいち人に頼るなんて、私のプライドが許さない」

と、彼女は言うわけですが、それを「責任感が強い人」とは、私はとても思えません。

それで、仕事が滞ったり、ミスを連発したりしたら、周りに迷惑をかけてしまうことになるじゃないですか。その人のプライドのために、とんでもない皺寄せがくることだってあるのです。

いえ、周りの人が言わないだけで、すでにそうなっているかもしれない。そのことに、どうして気がつかないのでしょう。

ああ、実はこれも私でした。

プライド、ね。

ハタと考え込んでしまいます。

プライドって何だろう。

もし、あなたが「プライド」を口にしそうになった時、こう言い換えてみませんか。

虚栄心。

彼にこちらから連絡したり、泣いてすがったりするのは、私の虚栄心が許さない。

仕事に誰かの手を借りるのは、私の虚栄心が許さない。

そうすると、ちょっとわかったような気がします。プライドなんて言葉を使っているけれど、実は、虚栄心が満たされないだけなんだということに。

ミエをはりたい、カッコつけたい。それが、いつの間にかプライドにすり変わっていたということに。

ある女性が「プライドが許さないから」と、彼とあっさり別れたものの、悔しさのあまり、誰の目も届かないところで、相手の女の悪い噂を流したり、無言電話をかけたりしていました（これは私ではありません、念のため）。

そういうことが、実は真の意味での「プライドが許さない」行為だと、どうして気づかないのでしょう。

どこかで勘違いしてしまっている。プライドは、自分が自分に対して持つものであり、他人向けではないのです。他人にカッコ悪いと思われようが、みっともなく見られようが、関係ない。自分で自分を認められることにこそ、真の意味があるのです。

今まで簡単に口にしていたプライドが、実は虚栄心だとわかれば、どうってことありません。

そんなもの、あっさり捨ててしまいましょう。そうして、好きなら自分から好きと言えばいいし、仕事が間に合わないなら、助けを求めましょう。

プライドという言葉を、自分に都合よく解釈しないことです。

それから「プライドなんて捨てたわ」と、やけくそになってしまった時。

人は本当の意味でのプライドを捨てたら、生きてゆけないはずです。捨てられるのなら、それはプライドではありません。ミエや外聞です。そんなもの、この際、どんどん捨ててしまいましょう。

いろんなものを捨ててゆけば、きっと最後にどうしても捨てられないものが残るはずです。

きっとそれこそが、本物のプライドなのです。

貧乏はしても貧乏くさいのはイヤ。お金とのつきあいは、男とつきあう以上にむずかしい。

お金の話には、それぞれに思うところはあるでしょうが、誰しもが考えることと言えば「貧乏はイヤだ」ということでしょうか。

まったく、身も蓋もない言い方ですが。

確かに、この世の中、お金があったら便利です。欲しいものの多くは、お金で買うことができます。ない、より、ある、に越したことはありません。

私も欲にまみれた人間なので、つい、

「タナボタ式の儲け話はないか」

「宝くじに望みをかけよう」

「金持ちの男をゲットしたい」

などと、短絡的なことを考えてきました。

そのどれもこれも、ついに叶えられることはありませんでしたけれど。

けれども、最近は、ちょっと変わりつつあります。

まあ、貧乏は仕方ないにしても、貧乏臭いのだけにはならないでおこう、と。

女性で、それも若い女の子で気になる貧乏臭さと言えば、やはりファッションでしょうか。

若い子がお金がないのは当たり前。彼女たちは安くても、自分なりのお洒落をしていてとっても可愛い。なのに、どうしてバッグだけ唐突に十万円もする有名ブランドを持ちたがるのでしょう。あれを見るたび、貧乏臭く思えてなりません。

ブランドものはいい製品には違いありません。でも、ひとつが突出していても、ちぐはぐになるだけです。

逆のたとえを出したら、わかります。全身を豪華なブランドでかためながら、足元はスーパーのビニールサンダル、というのは、ひどく貧乏臭いでしょう。それと同じです。

実は私にもその傾向があり、その度、自分を戒めるようにしています。今日のスタイルをトータルで考えてバッグを選ぶのではなく、とりあえず最後に有名ブランドのバッグを持ち「よし、これで何とかなる」と安心してしまうのです。出掛けてから、ノーブランドでも全体が素敵にまとまっている女性を見て、ヒヤリとしてしまいます。

貧乏は、確かにお金のない状態ですが、貧乏臭さはお金のあるなしに関係ありません。センスです。在り方です。そのことだけは、頭の中にきちんと入れておこうと思っています。

さて、お金と言えば、ここのところ「節約」が大流行《はや》りです。雑誌でも、それを特集するとすごく人気があるそうです。

私もつい真剣に見てしまいます。それで「なるほど、こうすれば一ヵ月三千円は浮くのか」と、今までの浪費を深く反省するのです。

今のご時勢、節約は大切です。美徳と言ってもいいでしょう。

でも、どんなに節約しても、ケチ臭くはなりたくありません。節約は、気持ちをリッチにしてくれますが、ケチ臭いのは、いっそうしょぼくれた状況にしてしまいます。

知り合いに、飲み会は絶対に先に帰るという奴がいました。お開きの十五分くらい前になると「悪い、ちょっとお先に」とか言って、姿を消してしまうのです。その理由はズバリ、お金を払いたくないから。

最初の頃は、そんな策があるとは知らず、まあ先に帰ったんだからしょうがない、と誰もが見逃してあげていたのですが、バレてからはいっさい誘わなくなってしまいました。

お金を節約したい気持ちはわかります。でも、友達を利用するのはあまりにケチ臭い。お金にはかえられないものを失ってしまうことにもなりかねません。要注意です。

さて、もうひとり紹介します。ＯＬの頃の知り合いです。

彼女は着るものも質素で、お化粧もほとんどせず、美容院も半年に一度、飲み会などにもまず出席しないので、相当ため込んでいると噂になっていました。

ある時、私はその女性のアパートに寄ることになりました。いったいどんな生活をしているのか、大いに興味がありました。掃除は行き届いていましたが、やはりというか、意外というか、部屋は質素で、家具は安物で、古い電化製品を使っていて、お世辞にも洒落た生活とは呼べませんでした。

けれども、トイレを借りに洗面所に入って驚きました。すぐ隣りがバスルームだったのですが、そこにはさまざまな入浴剤や、高級石けん、シャンプーがずらりと並んでいたのです。それも美しくレイアウトされて。

「すごいのね」

思わず呆気にとられて言うと、

「私にとって、お風呂がいちばんリラックスできる場所なの。だから、ここだけは思い切り贅沢にしてるの」

と、彼女は少し照れ臭そうに答えました。

私にはその表情が、とても優雅に見えました。

節約は大切ですが、一から十まで全部節約、というのはどこか侘《わび》しい。自分にちょっとくらい贅沢をさせる必要があると思うのです。ガス抜きするような場を持っているからこそ、節約にも力が入るというものでしょう。

お金は、生活する上での便利な道具ですが、それに対する考え方や遣い方で、人の在り方というものを知ることができます。

お金至上主義者……何かと言うと、すぐにお金に換算する人。それいくら、とやたら聞きたがる人。

浪費家……カードにサラ金。最近は自己破産も当たり前のように増えてます。

ルーズ……お金の貸し借りに何の抵抗もなく、特に、借りたことを忘れてしまう。

無頓着……計画性がないから将来の展望が見えない。気楽に保証人なんかにもなってしまい、後で大変な状況に陥る。

ちょっと注意してみると、周りにはいろんな人がいることでしょう。

お金は確かに道具です。けれども、たとえば包丁が台所にはなくてはならない道具であっても、使い方によっては人を傷つける凶器にもなるのです。お金はそういったものでもあるのを忘れずにいなければならないと思います。

もしかしたら、男とつきあう以上に、難しい相手なのかもしれません。

優しさの押し売りしてませんか？ときには無神経な方が、気が楽なこともある。

知り合いの女性Aさんが、この間、こんなことを言いました。

「最近知り合った女性なんだけど、すごく無神経な人で、ズケズケ物を言うのね」

「たとえば？」

「この間、面と向かって『あなたって色黒ね』って、私の気にしてることはっきり言われたの。そりゃあ、傷ついたわよ。そんなの、軽く聞き流しておけばいいのかもしれないけれど、どうしてもできなくて。私みたいなデリケートなタイプって損ね」

私はびっくりしました。

なぜなら、私にすれば、Aさんも十分にズケズケ物を言う人で、傷ついたり泣かされたりした人を結構知っているからです。

私も何度ムカッと来たことか。けれど、Aさんは本気で自分のことをデリケートな人間だと思っているらしいのです。

デリケートと無神経。

こうしてふたつに分類すると、多くの人は自分をデリケートなタイプだと思っているようです。そのことをもう少し具体的に言うと、こうなるでしょうか。

私はすぐ相手の言葉に傷ついたり、相手からどう見られているか気になってしまう。それに、相手のだらしなさやルーズさが目について、ついイライラする。どうでもいいじゃない、と思おうとするのだけれど、それができなくて、気分が落ち込んだりして、しまいには体調を崩してしまうこともある。

うーん、デリケート。

でも、それを聞いてひとつ納得したことがありました。

デリケートであるかどうかは、自分が受け身の場合に判断するのがほとんどなのです。

あの人からこんなことを言われた、あんなことをされた。ひどい人。無神経な人。こんなに私は傷ついてる。悲しんでいる。

されることだけに、人一倍神経が向いてしまう。

では逆に、自分が相手に対して何か言う時や、何かする時はどうなのでしょう。自分に向けられると同じだけ、神経を使っているでしょうか。

もちろん、と言う人もたくさんいるでしょう。でも、それは自分が判断することではありません。自分では気を遣ったつもりでも、相手の方は「無神経な奴」と感じているかもしれません。

一度聞いてみるっていうのはどうですか。

「ねえ、私ってデリケート？」

聞かれた友人知人はどんな顔をするでしょう。

人は、つい他人には厳しく、自分には甘くなりがちです。つまり、いつも相手は加害者で、自分は被害者に考えてしまう傾向にあるのです。

まさにAさんがそれであり、そして困ったことに、私もそうだったりもするのです。

こんなことがありました。失恋した友人のことです。

私は私なりに、彼女を何とか立ち直らせてあげたいと考えていました。男のことはあまり知らなかったのですが、あなたをふるなんてロクな奴ではない、ということを伝えたくて、散々にけなすことにしたのです。

「そうよ、あんな男、別れて正解よ。所詮、大したことのない男だわ。あんな男と間違って結婚でもしようものなら、不幸のどん底よ」

その時は「うんうん、そうよね」と彼女も同調していたのですが、それからしばらくして、

「ひどいわ。いくら友達でもあそこまで言われたくない」

と、言っているとの噂を耳にしました。

私としては、デリカシーを持って言った言葉のつもりでしたが、結局は、彼女を傷つける結果となってしまったわけです。

そう言えば、こんなことも。

友人たち何人かと船で海に出たことがありました。クルージングというやつです。もともと乗り物に弱い私は、案の定、三十分もしないうちに酔ってしまいました。

船べりにつかまって苦しんでいたのですが、友人が気遣って何度も様子を見に来てくれます。

「大丈夫？」と尋ねられ、「ええ、大丈夫」と答える。その繰り返し。

最初は嬉しかったです。私のこと気にしてくれてありがとう、という感じです。でも、だんだんと苦痛になって来ました。

頼むから放っておいて。

これがその時の正直な気持ちです。酔ってるんだから大丈夫のわけはありません。でも、

そう聞かれたらやっぱりにっこり笑って「ええ、大丈夫」と答えるしかないじゃないですか。苦しいのを我慢して。吐き気をこらえて。

あの時は、友人の中のいちばん無神経な奴がありがたかったです。日頃は「もうちょっと繊細さがあったら」と思っていたのですが、私のことなどすっかり忘れて大いに楽しんでいる様子が、私には逆に気楽でした。

これらは、それなりに自分ではデリカシーがあると思ってやったことですが、相手にとっては無神経でしかなかったといういい例です。

デリカシーって難しい。優しさのつもりが、まったくその逆に作用してしまうことがあるのだから。

でも、たとえ運悪く相手にストレートに通じなかったとしても、めげてしまっては、やはりつまらない関係になってしまうと思うのです。

もし、通じなかったら、その時は素直に「ごめん」と言ってしまいましょう。

言葉や態度よりも、その根底にある「あなたを大切に思っている」、その思いさえ通じれば、多少の誤解など後で笑い話になるはずでしょうから。

マナーを知っておいた方がいい理由は、自分がリラックスできるから。いろんなことが楽しめるから。

以前、こんな話を聞きました。

日本の高僧が、とある国に渡り、正式な晩餐会に主賓として招待された時のこと。スープが出ました。その高僧は何の躊躇もなく、恭しくお皿を手にして、直接すすったのです。一瞬、同席した客たちは「えっ」と緊張しましたが、その姿は実に美しく、笑う者など誰ひとりいなかったそうです。

また、こういう話もあります。

正式なディナーにほとんど出席したことがない客が、間違えて、指先を洗うためのフィンガーボールの水を飲んでしまいました。他の客はそれを見て顔をしかめましたが、その瞬間、主人もまたそれを飲んだというのです。

マナーというのは、こういうことだと思いませんか。

それを忘れて、マナーというのはああしなければならない、こうするのが決まり、みたいなことばかり考えていると、ちっとも楽しくなってしまいます。

そう、大切なことは、自分が楽しむということ、そして相手に楽しんでもらうということ。マナーは日本語に訳すと、礼儀とか作法になりますが、もっとシンプルな意味があるに違いありません。多少気恥ずかしくはありますが、お互いを思いやる気持ち、だってことに改めて気づくのです。

今、高級レストランに行ったり、正式なパーティに招かれたりしても、大失敗をしでかしてしまうような若い女性は少なくなりました。それなりの知識を身につけて、みんなスマートに振る舞っています。そういったマニュアルもたくさんあるので、困ることもないでしょう。

私は作法としてのマナーを知っておくというのは、悪いことではないと思っています。ナイフやフォークの使い方とか、パーティでの振る舞いとか、知っていて損はありません。なぜ、損がないかというと、自分がリラックスしていられるからです。

初めてお茶会に招かれた時のことです。茶わんを二回まわして飲む、ということぐらいしか知りませんでした。ものすごく緊張しました。とにかく失敗しないようにそればかり考えていました。だから正直言って少しも楽しくありませんでした。

あまり気は進まなかったのですが、それから知人に誘われてお茶を習うようになりました。そうして作法を一通り覚えてしまうと、次の茶会はまったく違うものになっていました。余計な緊張がない分、いろんなことが楽しめるのです。

たとえば、掛け軸が渋いなぁ、お花が洒落てるなぁ、あの客の着物はちょっと派手、このお茶わんは備前かしら、この和菓子きれいでおいしい、などと、さまざまなことを余裕を持って眺めることができました。

その時、マナーというのは、自分を縛るものではなく、解放するものだということを身をもって知ったのです。

だから、チャンスがあればどんどん知っておけばいいと思います。若いうちは、失敗しても恥ではないのだから、今のうちに、いろんなことを実践も含めて試してみればいいんです。

それに手順としてのマナーを身につけるということは大して難しいことではありません。早い話、決まった作法を覚えるだけで一応はクリアできるのですから。

問題はその次です。その身につけたマナーをいかに自分らしくアレンジするかということでしょう。

もし、あなたが左手にフォークを持って食べるのが苦手なら、無理にそれをすることはないはずです。右手に持ちかえて食べればいいのです。でも、正式な食べ方を知った上でそれをするのと、最初からそれしかできないのでは、きっとまったく違ったものに見えるに違いありません。

アレンジというのは、あくまで基本を踏まえた上でのことです。そこを無視して、何が何でも自分流を押し通そうとすると、マナー違反、マナー知らずとなってしまうのです。

こういう話をすると、口うるさいオバサンみたいになってしまうかもしれませんが、いいえ、そう思われても構わないから言わせてもらいますが、ほんの少しの思いやりがどうして持てないのか、と情けなくなる情況がいたるところで見受けられます。

きっと、これを読んでいる読者の方の中にも私と同じことを考えている方が多くいらっしゃることでしょう。

たとえば、混んだ電車で足を投げ出している若者、所構わず携帯電話で喋りまくる女性たち、煙草の吸い殻や唾を道路に撒き散らすオヤジ、道幅を占領しているオバサン連中、ええ、もう、いっぱい。時には、私も気づかずやっているのかもしれません。

マナーを知らない非常識な人間、一言で言ってしまえばそうなるのでしょうが、つまりそれは、想像力の欠如だと思うのです。

たとえば、自分が飲み干した空缶をその辺に捨ててしまう。自分の手にない空缶は、それで消えてしまったように錯覚しますが、必ず誰かの手を煩わしているのです。自分がこうすることで相手にどんな迷惑がかかるか想像がつかないのです。

これは老若男女問いません。近ごろの若い者は、と同じだけ、近ごろの大人は、と言いたくなってしまうことも山ほどあります。

若い頃、恋人が煙草を吸い、それを捨てて靴でぎゅっともみ消す仕草が素敵、と思っていました。でも今は、灰皿をきょろきょろ探して捨てる姿をいいなぁと思います。携帯灰皿を取り出せば、もっと素敵。

マナーとは決して面倒なものではなく、人と人とが気分よく過ごすための、いちばんシンプルな約束事なのですね。

「私は純粋でありたいだけなのに」「自分に正直に生きたい」こんな言葉を安易に口に出していませんか？

誰もが自分に正直に生きたい、純粋でいたい、と思っています。

たとえ世間から陰口をたたかれても、友達が去っていっても、家族を悲しませても、自分の意志を真っすぐに押し通す生き方をしてゆきたい。

憧れました、私も。だから親の反対を押し切って男と駆け落ちした友人や、芸能人になりたいと何のコネもなく東京に向かった近所の女の子の話を聞くと、何だか自分の生き方が退屈でしょうがないように思えたものです。

我慢なんて、えらくも何ともない。どうせ人生は一度だけ。やりたいことをやらないでどうするの。たとえ失敗して痛い目にあっても、安全な囲いの中にいるより生きているって感じがする。

タイプとしては慎重な方です。いいえ、それは非常にいい言い方で、実は臆病なだけです。石橋を叩いて叩いて、叩き割るまで叩いて「ほら、やっぱり割れたじゃない」という性格。でなければ、散々叩いてこれなら大丈夫と思って渡ったら、叩いた所が割れて落ちてしまったというようなポカやる奴です。

こういう仕事をしていると、結構波瀾に富んだ生き方をしているんじゃないかと思う人がいて、まあそう思われるのも悪い気はしないのでそんなフリをすることもありますが、実際は、そんなもんです。

だからこそ、自分の思いを遂げるために無謀とも思える行動をとる人に対して、そこはかとない羨望を抱いてしまうのでしょう。

自分に正直に生きる。いつまでも純粋でいたい。

何だかそれを前にすると、私なんかすっかり濁っちゃったなぁと、柱の陰にでもコソコソ隠れたい気分です。

けれど、その言葉が持つ響きに惑わされて、そこに大きな勘違い、もしくは単なるひとりよがりが潜んでしまうことがある、ということを忘れてはいけないと思うのです。

ふん、それが「自分に正直に生きる」ですって、「純粋」ですって、よく言うわ、ちゃんちゃら可笑しくって。

そう思った話があるので、紹介しましょう。

A子は、今は通信販売会社に勤めていますが、その前は事務機の会社にいました。その前は保険のセールスで、その前は会計事務所です。その前は知らないですが、とにかく、そうやって転職を繰り返しているのです。

「私、どこの会社にいても、これが自分にふさわしい職業だと思えないの。転職した時は、これだって思うのよ。だけど半年もすると、また違うって気になってしまうの。それでまた転職してしまうわけ。人からすれば飽きっぽいとしか見えないかもしれないけど、そうじゃないの。私はもっと真剣なの。ここらあたりで我慢しておこうって妥協ができないのよ。これからも、自分が心からコレだって思える仕事を探し当てるまで、転職は続けるつもりよ」

その気持ちは本当のようです。彼女の転職の理由は、決してお給料や待遇のよさではありません。時には、わざわざひどい条件の会社に転職したりするのですから。

でも、私はとてもその行為を「自分に正直に生きる」なんて呼べません。

彼女が前に勤めていた会社の同僚から聞くところによると、彼女は次にやりたいことを見つけたら、すぐにそれをやらなくては気が済まないらしく、「今日で辞めます」みたいなことをやってしまうというのです。

仕事の状況とか、引継ぎのこととか、まったく関係なしです。すでに頭の中は次の仕事のことでいっぱいで、捨ててゆくものにはもう興味がないというわけです。

これを「自分に正直に生きる」と呼んだら「正直」が怒ります。どう考えても、自分勝手を押し通しているとしか思えません。子供が次々とオモチャを変えてゆくのとどこに違いがあるのでしょう。

たぶん、彼女はまた転職するでしょう。誰に迷惑かけようと。そうやって、最後につかむ「妥協じゃない、コレだという仕事」がいったい何なのか、ぜひ見せてもらいたいものです。もちろん皮肉です。

次は恋愛がらみの、こちらは「純粋」の方の話です。

ある女性は結婚しているのですが、現在、ふたりの恋人がいます。そのことを別の女性が、「いいわね、ダンナ様の他にふたりも浮気する相手がいて」

と言うと、本気で怒りだしました。

「浮気じゃないわ。みんな本気よ。夫は私にとってなくてはならない大事な家族。でも、恋人のひとりは私に刺激をくれるの。ぼんやりと生きてちゃいけない、もっと前向きに頑張らなくちゃっていう力をね。とても大切な存在よ。もうひとりの恋人は、ずっと年上なんだけど、いろんなことを教えてくれて勉強になるわ。彼といると、少しづつ素敵な女性に近づいてゆけそうな気がするの。私は、三人とも心から愛してる。誰が欠けてもダメなの。必要なの。でも、誰もわかってくれないのよね。私は純粋でありたいだけなのに」

私は、夫の他にふたりの恋人を持つ、ということには何の文句もありません。いいじゃない。うまくやってね、バレないように、というくらいです。

でも、そこで「純粋」なんて言葉を使われた日にゃあ、ちょっと待って、と言いたくなるのです。

言葉の解釈の違いなのでしょう。私の意見が正しいとは思ってませんけど、あまりにも彼女とは対極にあります。

私にとって「純粋」とは、自分のいちばん大事なものを守るために、その他のものをすべて捨てても構わないという、無欲の気持ちから発生するもの、です。

でも、彼女は逆。あれも、これも、全部欲しい。今持っているものも手放したくない。それは私には単なる欲張りとしか見えません。強欲と言っていいかもしれない。とにかく、私には抑制がきかない生き方としか思えないのです。

何をしたっていいんです。生きていれば、時には人に迷惑をかけることもあるでしょう。

でも、ちゃんとそのことを自覚しておく。綺麗ごとにすり替えようとするから腹が立つのです。

純粋、という言葉を使う時、ものすごくためらいます。一生に、何度も使えない魔法の杖みたいな気がしています。純粋に生きることは憧れだけど、とても勇気がいること。だから、いつも使うのはこの次にしようと思います。

こんなことを言ってるうちに、もしかしたら一生使えないのかもしれませんけど。

けれども、使いまくって薄汚れた「純粋」よりマシだという気もしています。

人生一度はひとり暮らしを体験しておく。そうすれば、ふたりでいることや、家族でいることの大切さや価値がわかるから。

最近、かなりの歳になっても独立しようとせず、親と同居している女性が多くなりました。

理由はさまざまでしょうが、ありがちなのはコレです。

独立するといっても、ひとり暮らしを始めれば出費がかさむ。雑事も増える。でも親と一緒なら、家に帰ればご飯はできてるし、お風呂は沸いてる。口うるさいことにちょっと我慢さえすれば、日常生活は快適そのもの。結婚するわけでもないのに、どうして家を出る必要があるの。

まさに、私がコレでした。

三十歳まで親と「楽できる」という理由だけで同居していたのです。

予定と違って、結婚して独立する結果にはなりませんでしたが、とにかくその時は、同居していることに何の疑問も持ってはいませんでした。

けれど今、よくわかります。私は同居と思っていましたが、それは寄生でした。依存でした。歳をとっても子供のまま。幼稚でしかなかったということです。

それはひとり暮らしを始めて、つくづく実感しました。

些末ではあるけれど日常生活には欠かせないこと。いい歳をして、それらに面食らうことばかりでした。

電気代、水道代、ガス代、そういったものが一ヵ月でどれくらいかかるのか。支出の中で、食費はどれくらい占めるのか。外食や飲み代とのバランスをどうとるか。はたまた、マーケットで買ってきたものをどうしてこんなに腐らせてしまうのか。ゴミはちゃんと分別して、決められた日の決められた時間に出しに行くこと。その上、しつこい訪問販売をどう断るか、大家さんやお隣りさんとのお付き合いはどうするか、ああ銀行へ行かなくちゃ、そう言えば郵便局から振込まなくちゃ、保険はどうなってる？　ほら新聞の集金だ。とまあ、あるある、いろんなことがいっぱい、そのすべてに右往左往してました。

またメンタルな部分でも、ひとり暮らしの物珍しさが過ぎると、ひとりという現実にたまらない寂しさを感じました。

楽しいことや可笑しいことがあっても、日常的にそれを共有する家族はいません。恋人や友人に求めても、いつも傍《そば》にいてくれるとは限らないし、うるさがられてしまうこともあります。逆に、その恋人が寂しさの原因になったりもします。

それにやはり、女性のひとり暮らしは何かと物騒です。ベランダに下着を干すのもはばかられます。

あの頃、私もとりあえず今の仕事について、ある程度の収入を得て、いっぱしのことを言うようになってはいましたが、まったくの子供でした。

同居していた時は、親の煩わしいところばかり見えていましたが、ひとりになってようやく「ありがたい」なんてことを、素直に感じられるようにもなりました。

こういったことを書くと、そんなに面倒ならやっぱり親と同居していよう、と思われる方もいるかもしれません。けれど、親はいつまでも傍にいてくれるとは限らないのです。

いつまでもあると思うな、親と金。

縁起でもないですが、親に依存する生活しか知らないでいると、もしも、がやって来た時、生活どころか、どう生きていいかさえわからなくなってしまうでしょう。

人はひとりが単位です。まず、ひとりの自分を確立する。だからこそ、ふたりでいることや、家族でいることの、価値も大切さもわかるのです。

もし、私が「楽できる」というだけで、あれからも親に寄生していたら、きっとたくさんのことを見失っていたと思います。

大人として生きてゆくためには、孤独も煩わしさも、みんな引き受けられるだけの力を備えていなければならないのです。

もちろん、家を出なくても独立できる人もいるでしょう。むしろ、その方が強い独立心が必要でしょう。

私としては、前者を選びました。そして今、人生の中で一度それを体験しておくのとおかないのとでは、今後、誰と暮らすようになっても意識が大きく違って来るのではないかと思っています。

最近では、親の方が子供を手放したくないという傾向もあるようです。

「どうせ結婚すれば出てゆくんでしょ、それまでは家にいなさいよ」

という感じです。

若くて綺麗なお母さんにとって、娘はいちばんの友達でもあるのです。けれども、それが高じて、娘が結婚しても、

「どうせ高い家賃を払うのなら、うちの二階に住みなさいよ」

ということになり、やがて、

「子供も生まれたことだし、甲斐性のないダンナとは別れて、私たちだけで暮らしましょうよ」

笑い話に聞こえるかもしれませんが、本当にそうならないとも限りません。

これは親が子供に依存してしまう状態です。たぶん、親の方も、独立することを考えなければならない時代がやって来たのでしょう。

もし、あなたが今、独立するためにひとり暮らしを始めるなら、次の三つのことをまず頭に入れておいてはいかがでしょうか。

1、精神的独立

2、生活的独立

3、経済的独立

1は、ひとりを楽しめるようになること。前にも書きましたが、誰かがそばにいないとダメなタイプは、せっかくひとり暮らしをしても、親の存在を別の人にすり替えるだけです。寂しさの隙間にはとんでもない男が入り込んできたりします。注意しましょう。

2ができないと、体調を崩したり、家がゴミ箱化したりします。

自由であること、と、だらしなさは違います。ひとりだからこそ、健康的な生活習慣と、ルールが必要なのです。

3は、自分で稼ぐことができなければ、結局のところ、お金のために誰かに依存せざるを得ない状態になってしまいます。それでは元も子もありません。お金のことは、独立するに当たっての基本中の基本です。

老後のことを考えるのは、まだ早いでしょうが、高齢者のひとり暮らしはじきに三百万世帯になると言われています。

ひとりになっても、泣いてばかりいるような生き方だけはしたくありません。

そのためにも、ひとりで生きることの楽しさを、今のうちからスマートにお洒落に覚えておきたいと思うのです。

シラフの時に言えないことは、
酔った時にも言わない。
自分のリラックスが他人のストレスにならないように。

私は自分を誤解していたと、最近になってようやくわかりました。お酒のことです。

実は私、こう言っては何ですが、いける口です。他人には建前として「たしなむ程度なんです」なんて言っていますが、それは嘘です。その上、顔に出ないので、周りから酔っているようには見えないみたいで勧められる。で、また飲む。

それをやっているとどうなるか。

当然、酔っ払ってしまいます。

性格が豹変して、絡むとか暴力をふるうとか、そういうことはないと思うのですが、許容量を越えるとトイレからジッパーを開けたまま出てきたり、ハイテンションで喋り続けたり、帰りのタクシーで高速道路を走っていた時、急に気持ち悪くなって「止めて！」と叫び、運転手さんを慌てさせたこともありました。

そこまで飲むと、次の日はお定まりのふつか酔い。最近は治りが遅く、夕方までベッドでダウンという具合です。

ああ、ふつか酔いはなんて苦しいのでしょう。そういう時は、昨夜の自分の情けない行状が思い出され、たいてい精神的にもふつか酔いなので、苦しさと後悔でウンウン唸り続けることになります。

近ごろは飲みに出る回数も減ったのですが、なまじっか減った分、たまに飲みに出ると「さぁ、今日は飲むぞぉ」なんて妙に力が入ってしまい、結局、翌日は頭を抱えることになるのです。

私がお酒に強いからこんなことになるんだ。いっそのこと、飲めない体質だったらよかったのに。そうしたら、飲まずに済むのに。

なんて思っていました。でも、実はそこのところを誤解していたのです。

お酒に強い、というのは、決して量がいける、ということではないのです。たくさん飲めたって、酔いつぶれたら弱いのと同じ。

早い話、自分の適量を知っている、ということでしょう。

これ以上飲んだらどうなるか、それを把握していちばん楽しくいられる状態をキープできる。明日のこともちゃんと考えられる。そういう人が量に関係なく、本当にお酒に強いということになるのです。

そういう意味で、私はどうやらお酒に弱い部類に入る人間のようです。

知り合いのFさんはさすがです。

彼女（三十歳半ば）と飲むと、いつもとても楽しいのです。最後まで付き合ってくれるので、私はずっと、かなりの酒豪だと思っていました。

ところが聞いてみると、大して飲めません。ウイスキーの水割りなら、せいぜい四杯というところ。その後は、うまく水やウーロン茶に変えていたのです。自分に合った胃薬も持っていて、ちょっとヤバイなと思うと、途中で飲んだりもしているとのこと。それも周りに気づかれないようさりげなく。だから、彼女の泥酔した姿や、ふつか酔いなんて見たこともありません。

彼女曰く、

「私も昔は後先考えずに飲んだ時もあったの。でも今は、自分が酔いたいのか楽しみたいのか、そこを考えるようになったのよ。酔いたいなら、外では飲まない。家にする。楽しみたいから、外で飲むの。本当に酔っ払ってしまったら、楽しめないじゃない。時々、酔わなくちゃ楽しめないっていう人もいるけど、それは結局、一緒に飲む相手を間違えているのよ。楽しい相手となら、お酒の力を借りなくたって楽しいわ」

ただひたすら飲んだくれるのはせいぜい二十代前半まで。三十過ぎて、ましてや私ぐらいの年になって、それをやっているようではみっともないだけです。

お酒はあくまで脇役です。主役は人です。

お酒にその場の主導権を握られてしまっては、それこそお酒に飲まれているという状態です。他人にも迷惑をかけるだけ。

まったく、それを聞いて反省しきりです。私も彼女を見習って、最後まで楽しめるお酒にしなければ、と、改めて心に誓った次第です。

それから、もうひとつ。

あれは酒の上でのこと、という言い訳を使わないこと、これがスマートな飲み方でしょう。日本にはどこかそういう風潮があって、お酒を飲んでやってしまったことを大目にみる傾向があります。けれど、それに慣れてしまうと、お酒を飲んでいれば何でも許される、みたいな気持ちになってしまうおそれもあります。

酔っ払って、友達のはずだった男と寝てしまった、ぐらいならどうってことありません。

翌日、バカバカバカと自分の頭を殴ってしまいましょう。工事現場の赤い標識を持って帰ってきた、というのも、まあ許しましょう。

でも、大切な人との信頼関係を傷つけてしまう、そんなことを酔いに任せてやってしまっては取り返しがつきません。それに卑怯だ。

ある飲み会で、AさんとBさんが険悪な状態になりました。仕事のことで、どうやら何か行き違いがあったようです。お酒が入るに従って、Aさんはだんだんと興奮してきて、Bさんに、

「おまえは口のきき方が生意気なんだ」

とか、

「おまえは躾が悪い。片親だから、育てられ方が悪かったんだ」

とか、ほとんど言いがかりみたいなことを言い出したのです。Bさんは黙りました。聞いていて、周りのみんなもとても不愉快になったのですが、仲間のひとりがまあまあと間に入り、その場は何とか収まりました。

翌日、AさんはBさんに謝ったそうです。その時、

「どうかしてた、酒が言わせたことだと思って忘れてくれ」

と言ったというのですが、私はそれを聞いてもっと不愉快になりました。

酔ったら何でも言っていいのか。酔わないと言いたいことも言えないのか。酔って本心が出ただけじゃないのか。

シラフの時に言えないことなら、酔った時にも言うな。

何でもかんでもお酒のせいにする、そんな奴はお酒を飲む資格はありません。いっぱしの大人が口にしたことは、酔っていてもいなくても、ちゃんと責任を負わなければならないのです。

酔うと、つい気がゆるんでしまう。それがリラックスにつながるわけですが、飲み屋は自分の居間ではありません。

自分のリラックスが、他人のストレスにならないよう、スマートにカッコよく、今夜も飲みたいものです。

恋人や夫から突然暴力をふるわれたら、あなたはどうしますか？　別れる？　それとも愛しているから我慢する？

特別な人を除いて、ほとんどの場合、男と女には力の差というものがあります。

ある時、私より小柄で痩せている男性に（もちろん知っている人ですが）突然腕をつかまれて、その強さに驚いたことがあります。つかまれた理由は、色っぽい話でも何でもなくて、私がボーッとしていて、信号が赤なのに横断歩道を渡ろうとしたから、慌てて止めようとしてくれた、だけです。

それだけのことなのだけど、その人が、外見から言っても絶対に私の方が強い、と思えるような相手だったので、ちょっとした衝撃でした。

考えてみれば、私は男の力というものを、直に感じる機会がほとんどないまま今まで来たような気がします。

たまたま重いものを持ってもらったとか、腕相撲が強いとか、それくらいのことはありますが、結局はその程度のことで、そういった力が自分に向けられた時どうなるのか、ということまでは想像が及びません。

そうです、力というのは頼もしさばかりでなく、時には暴力となって自分に降りかかって来ることもあるのです。

その中でも、夫や恋人から暴力を受けている女性がいるということは、みなさんも知っているでしょう。

女と男の間には、当人同士にしかわからないことが多々あって、それは暴力に関しても同じなのかもしれません。まったくの他人であれば傷害ということで明らかな犯罪なのに、夫や恋人であるということで、うやむやになっている部分も多いと思うのです。

そのうやむやな部分こそが、結局は他人の理解が及ばないところになっているわけで、自分の妻や恋人に暴力をふるう男のことはもちろん理解できませんが、それを受けながらも、離れようとはしない女性のことも、私にはよくわかりませんでした。

そんな男、とっとと別れてしまえば。

つい、それを口にしてしまう私は、やはり安直だったようです。

ある女性のことです。

大恋愛の末、結婚して五年。夫は一流企業のエリートサラリーマン。周りから羨ましがられるような結婚でした。

夫が変わりだしたのは、会社で不本意な配置替えをさせられたことが原因でした。早い話がリストラです。エリートだった夫には屈辱的な異動だったようです。

遅く帰って来た夫に、彼女は何気なく、

「夕飯いらないんだったら連絡してくれたらいいのに」

と言ったとたん、殴られました。

最初は、いったい何が起こったのかすぐにはわかりませんでした。

それからというもの、ちょっとでも気に食わないことがあると、夫は暴力をふるうようになりました。殴るとまではいかなくても、物を投げたり、怒鳴ったりするのです。たとえばコーヒーがちょっとぬるかっただけでもカップが飛んで来る、というのです。

「別れなさいよ、そんな男。とっとと見切りをつけるべきよ」

と言う私に、彼女はいくらか困ったような笑みを浮かべて返しました。

「でもね、あなたは簡単に言うけど、子供もいるのよ。私は資格も特技もないし、別れたら経済的に独立できる自信がないわ。それに、このまま我慢していれば、いつか彼も目が覚めるかもしれないでしょう。いつもいつも暴力をふるうわけではなく、優しいところもあるのよ。本当よ。根はいい人なんだもの。今は、仕事がうまくいかなくて、自分を見失ってるだけ。私にしか八つ当りできないのよ。それにね、時々思うの、結局、あの人にそうさせてしまうのは私に原因があるのかもしれないって。私が気が利かないから、いらいらさせてしまうのかもしれないって。暴力をふるうあの人も本当はつらいのよ。それに、やっぱり私、彼を愛してる」

だから愚痴を聞いてくれるだけでいいの、とか言われると、私としても黙り込むしかありません。

実際問題、別れたら彼女は経済的に自立できるかわからないし、本当にいつか彼の性格が変わって温厚になるかもしれないし、二十四時間暴力をふるい続けているわけではなく時には優しいキスやセックスもあるだろうし、彼女も完璧じゃないから彼をいらいらさせる原因を作っているかもしれないし、殴る方の男もつらいのかもしれない。

だから、本人がいいというものを、それ以上、どうすることもできないのだけど……。

だけど、やっぱり私は言いたい。

それは違う。そんな在り方は、女と男のまっとうな形じゃない。

それに、彼女は男を愛している、と言うけれど、私はどこか、もうそう言うしかないというような、それだけが自分を我慢させる支えになっている、としか思えませんでした。

自分に我慢を強いることが、愛ではないはずです。身勝手な暴力も含めて、彼のすべてを受け入れることを愛と混同しては、むしろ彼を駄目にするばかりということはないのでしょうか。彼を愛してることを否定するつもりはないけれど、彼という人間を本当に愛するのなら、どんな手段を使っても別れる、というのもひとつの選択としてあると思うのです。

愛という言葉を持ち出す時、つい恋愛と混同してしまいがちです。何が何でも彼を信じる、彼についてゆく、というような。

でも人生には、恋の部分を切り取った愛の方が多く存在するのです。

相手は大人です。いっぱしの男です。そんな男が、明らかに力の劣る女に暴力をふるう、そんな彼を受け入れることが、愛の形であるはずがありません。

むしろ、愛しているから突き放す、ひとりにする方が当然だという気がします。それは彼を見捨てるのではなく、むしろ、彼の将来への期待です。

別れ、というのは、一緒にいる、ことと同じ重さがあるはずです。だから、別れないことで「私はこんなにも彼を愛している」などと、自分や周りに証明する必要はないのです。

耐え忍ぶ、という女の在り方が、日本の文化の中で美徳とされてきました。それを否定する気はありません。だからといって、オールマイティのように認める気にもなれません。

もし彼女が、男の暴力を前にして、
「私の身体だもの、私さえ我慢すればどうなってもいい」
なんてことを考えていたとしたらなおさらです。それは大きな勘違いです。

自分の身体は、確かに自分のものであって、傷も痛みも自分にしかわかりません。私の中にも、ずっと「自分の身体なんだから私の勝手にさせて。誰に迷惑かけるわけじゃあるまいし」みたいなことを考えていたところがありました。でも、あるシスターの話を聞いてひどく納得したのです。

「私の持ち物はハンカチ一枚までも、すべて神様からの預かりものです。この身体さえ、私のものではなく、神様から預かったものです」

私はクリスチャンじゃないので、神様というのは少し抵抗があります。それで、それを「自然」に置き換えると、とてもわかりやすくなりました。

人は皆、自分の心や身体を、自分で守らなくてはならないという義務を背負っていると思うのです。大切な誰かを守るのと同じだけ、自分を守らなくてはならない。

だから、彼を愛しているから我慢する、というのではなく、彼を愛しているからこそ我慢しない、これもあって当たり前だと思うのです。自分で自分を粗末に扱う人は、結局、他人からも粗末に扱われることになるのです。

もしかしたら、暴力に対する恐怖から、考えることを放棄してしまうほど追い詰められてしまうこともあるでしょう。

別れたら、もっと報復されるのではないか。もっと激しい形で。実際、元夫や、元恋人にストーカーまがいのことをされる事件が新聞に載るのもめずらしいことではなくなりました。それでも、あなたの人生を男の暴力に踏みにじられることを受け入れる必要はありません。口を閉ざしてしまわないで。

両親でも友人でも頼りになる人でも、とにかく現状を訴えましょう。

今は、相談に乗ってくれる公的な機関もたくさんあります。恥ずかしいなんて思わず、どんどん連絡をとってみてください。

それが、あなたのためばかりでなく、あなたの子供のためであり、あなたを大切に思ってくれているすべての人のためであり、そして結局は、男のためになるに違いないのだから。

III

「変わったね」「ちっとも変わらないね」言われて嬉しいのはどちらですか？

久しぶりに会った友人から、

「あらぁ、あなた、変わったわね」

と、言われるのと、

「やだ、ちっとも変わらないわね」

と、言われるのと、どっちが嬉しいですか。

もちろん、私は前者の方です。変わらない、なんて言われたらショックです。成長してないってことでしょう。何だかバカにされているような、呆れられているような、そんな気持ちになります。

でも、ここ三、四年くらいはちょっと逆転しています。変わらない、と言われると、時々、嬉しい。

たぶん、私が年を取った証拠なのでしょう。

「それって、昔と変わらないくらい若いってことよね」

なんて、ひとり勝手に解釈してるわけです。困ったもんです。

時間はいろんなことを教えてくれます。

子供の背が伸びれば視界も広がり、今まで見えなかったものが見えてくるように、年齢を重ねるに従って、人間のさまざまな面や社会の仕組みに気づいたりして、意識も変わってきます。

時には、見たくないものが見えてしまうことや、世の中の不条理にうんざりすることもあるでしょう。

確かに、この世はままならないことばかり。正しい、が通らないという現実にも直面します。また、自分がいかに不完全な人間であり、ちっぽけな存在かということを突きつけられて、失望することもあるでしょう。

たぶん、そんなことにもまれ、叩かれながら、人は成長してゆくのでしょう。

思うのですが、人には「変わって当たり前のところ」と「変わらなくてはいけないところ」、同時に「変えてはいけないところ」「変えようにも変えられないところ」というのがあるのではないかと思います。

自分にとって、それがどういうところなのかがわかれば話は簡単なのですが、こればかりは人それぞれに違っていて、コレとは決められません。

たとえばある人が自分を変えたくないところとして『当たって砕けろの精神』があったとしましょう。

「私はいつだって前を見つめて歩いてゆきたいの。何もしないうちから、怖がって背を向けるようなことだけはしたくないの」

と、言ってるわけです。

でも、別の人からすればそれは彼女の単なる子供っぽさであり、変えた方がいいんじゃないかと感じているかもしれません。

「彼女には、結局、学習能力ってものがないの。当たって砕けろなんて、人生の中でそう何度もすることじゃないでしょう。なのに、彼女はいつだって、それしかないんだから」

そう言われたからといって、じゃあ彼女が、

「じゃあこれからは変えるわ、私」

と、簡単に意志を翻すというのも考えものです。自分の在り方を他人の判断に任せては、

自分らしさを失ってしまうことにもなりかねません。

今の自分を変えるべきか、変えざるべきか。そのどっちが成長につながるのか、なかなか難しいところです。

人のふり見て我がふり直せ。

という諺があります。なるほどなぁって思います。

他人の生き方に振り回されたくはないけれど、意外と自分のことはわからないもの。そんな時、やはり他人の観察がなかなか有効になってくるかもしれません。

会社や学校や友人の中、というような知っている人ばかりでなく、電車や飲み屋などという公共の場での人間ウォッチングも含めると、ほんと、世の中にはいろんな人がいるなぁということを改めて感じます。

ほんのちょっとしたことで、イヤだな、と思うこともあれば、素敵だな、と感じることもあります。その時々に、自分と照らし合わせてみるのです。

この間、電車の中で座席に荷物を置いていた女の子に、おばさんが、

「ちょっと、座る人の邪魔だからよけてよ」

と、言うのを見ました。よくあることです。でも、言いたくてもなかなか言えない私にしたら、そのおばさんは「言ってエライ」と思いました。同時に、もう少し優しい言い方をし

たら、言われた彼女もあんなにブスッとした顔になることはなかったのにな、とも思いました。

もし今度、私がそんな場面に遭遇した時はそうしよう。

人のふり見て我がふり直せ。

というのは、たぶん、そういうことなのでしょう。

そうして、少しづつ、自分がどういう人間になろうとしているのか固まってゆくのです。

若いうちは特に、あまり頑なになる必要はないと思います。絶対にこうなる、でもなく、絶対にこうなりたくない、でもなく、常に自分にスキを作っておく。誰かが、何かが、入り込むスキです。

でないと結局は、自分を鎧《よろい》で固めてしまい、自分自身がそこから抜け出せなくなり、成長を止めてしまうことにもなりかねません。

成長は植物にたとえるなら、杉の木のようにまっすぐではなく、たぶん蔦《つた》のようにくねくねして、あっちにもこっちにも寄り道して、伸びてゆくもの。それが時に「いつまでも成長しない人」という誤解を与えることもあるでしょうが、自分の成長は、まず自分が理解していればいいのですから。

さて、ちょっと笑い話になってしまうのですが、以前こんなことがありました。

その大昔、聖子カットというのが流行したことがあります（もちろん松田聖子風のカットです）。友人の中にとっても似合う女の子がいて、彼女は男の子たちからもアイドル的にもてていました。

十数年後、私は彼女とばったり街で顔を合わせました。彼女は子供連れで、すっかりお母さんになっていました。それはそれで、とても幸福そうだったのですが、驚いたことに、彼女はその時もまだ聖子カットだったのです。

いくら何でも無理がありました。時代遅れというばかりでなく、見ててつらいというか、ひくというか。

彼女に言わせると、

「変えようと思うんだけど、結局、この髪型に落ち着いちゃうの。髪質みたい」

とのことですが、私は別のことを考えていました。

勘繰り過ぎかもしれませんが、彼女は過去の栄光が忘れられないのかもしれないなぁ、なんて思ったのです。

男の子たちにもてて、華やかだった若かりし頃。そうやって改めて彼女を見ると、幸福そうには見えるけれど、これで色々と不満があるに違いない、と想像が広がってしまいました。

髪型といった、外見的なことくらい他人に迷惑かけるわけじゃないし、好きにすればいいのかもしれません。本人がそれでいいなら、私がとやかく言う筋合いではないのですが。が、私はイヤでした。

なぜって、あの時、私は彼女を羨ましく思えなかったからです。それがとてもイヤだったのです。友人には、友人だからこそ、いつだって羨ましいと思えるような生き方をしていて欲しいのです。そうして、私も誰かに会った時、少しでもそう思われるような生き方をしていたいのです。

彼女と別れてから、私は家で自分の姿を鏡に映して、まじまじと眺めました。自分にだって、そういうところがあるんじゃないか。過去にすがりついているようなところが。

ええ、ありました。いろいろと、いっぱい。

あの時、私はそれらをひとつづつ整理しながら、考えました。

昔の私に似合っていたのではなく、明日からの私に似合う生き方をしなくてはって。

可愛いけど、ただそれだけの子。
仕事はできるけど、退屈な人。
そんな女性からはもう卒業しよう。

友達でも家族でも仕事仲間でも、もちろん恋人でも、関係に翳りが見えてきた時は、たいていユーモアが失せています。

ユーモアというのは遊び心、遊び心は気持ちの余裕、余裕は心の柔軟度、と思うのですがどうでしょう。

だから、ユーモアが失われている状態の時は、ちょっとしたことにイライラしたり、大したことでもないのにダメージを受けてしまったりするのです。

もちろん、私にもよくあります。たとえば、相手に「バカみたい」と言われた時、いつもなら「やだ、そうなの、私ったらバカなのよねえ」と笑って受けとめていたのが、突如として「あなたにそんなこと言われる筋合いはない！」と、カッカしてしまったりとか。

人間には、肉体的にも精神的にもバイオリズムがあるので、たまにはそういう状況に陥る時もあるでしょうが、その状態が長く続くようであれば、問題です。

ましてや、そうなる相手が限定されるとなれば、その相手との関係に無理がきている証拠です。それが恋人であったならば、そろそろ潮時かもしれません。

そういう意味では、いいバロメータにもなってくれるようです。そして逆に考えれば、何事に対しても常にユーモアを忘れずにいれば、いい関係を長く続けてゆけるのではないかとも思うのです。

あなたはどうですか？

ユーモアをちゃんと心得、解せるタイプですか？

ユーモアというと、つい、何か面白いことを言うとか、するとかして、相手を笑わせることができる人、と考えがちです。私もかつてはそう思っていました。

でも今は、ユーモアは「受ける」側にこそ、必要なものだという気がするのです。

まず、その場にいるのが二人なら二人で、十人なら十人で楽しめるように考える。そういうバランス感覚を持つこと。

これって、当たり前のようですけど、なかなかできないものなのです。つい団体の中で密室を作ってしまったり、自分が楽しければみんなも楽しいと思い込んでしまったりするものです。

そんなふうにひとりよがりにならない、冷静な気配りを身につけることが大切でしょう。

それから、誤解を招くのを承知で言えば、たとえどんな相手を前にしても「大したことないじゃん」と、相手を食ってしまうくらいの気持ちでいることも必要です。

みんなによく気配りができる人が陥りがちなことに、気を使いすぎて卑屈になるってことがあります。あっち向いてもこっち向いてもニコニコして、愛想を振りまいて。たぶん、とってもいい人ではあるのだろうけど、そういうのを見てると、周りは逆に、ぐったり疲れてしまうものです。

無理をすることなんてないんです。堂々としていればいいのです。周りを楽しませるために、自分を犠牲にすることはありません。気配りというのは、本来、自分が楽しむためにするものなのです。そこを混同しないことでしょう。

さて、昔から人を笑わせるのは、泣かせるよりずっと難しい、と言われてきました。

こういう仕事をしていると、よくわかります。品よく、洒落ていて、機知に富んだユーモアを身につけている、というのは大人としてのひとつの関門のようなものです。これがあるとなるとでは、ずいぶんと周りの目も違って来るし、人生の楽しみにも差がついてしまうような気がします。

お勉強ができることだけでは、頭がいいとは言わないでしょう。頭のいい人というのは、必ずユーモアに富み機転のきいた対応ができる。だからこそ頭がいい人なのです。

それと同じで、無口な人だから暗い人でもありません。少ない言葉の中に、ピリッとしたユーモアを見せられると、すごく懐の深さを感じます。

ユーモアは、文化によってそれぞれ違う感覚を持つものではありますが、お喋りが苦手な人でも、人前で何かやるのが恥ずかしい人でも、ちょっとしたところで「おっ、やるね」と思わせることができる高等なテクニックです。くれぐれも悪ふざけなどとは混同しないこと。

素敵だな、みんなに愛されているな、と思う人を観察してみるとわかります。

そういうひとは大抵、ちゃんと心得ています。

可愛いけど、ただそれだけの子。

仕事はできるけど、退屈な人。

そんな女性からはもう卒業しましょう。

本物はいつだってゆっくり磨かれてゆくのです。

一夜の恋。
あなたはしてみたいですか？
絶対に自分はしない、と言い切れますか？

一夜の恋。

というものを、あなたはどう考えていますか。

出会って、その日のうちにベッドに入り、それっきり。身も蓋もない言い方をしてしまえば、一回こっきりというやつです。

以前、ＴＶでそういうＣＭが流れていたのが、途中で違うパターンになってしまったことがありました。やはり道徳上、倫理上、よろしくないとの批判があったのでしょう。

ということは、やっぱりいけないことなのでしょうか。何を考えているんだ、と眉をひそめられてしまうような行動なのでしょうか。

私自身としては、そこに何らかの「想い」があるのなら、いいんじゃないのかなぁとも思ってます。

一夜の恋、という言葉が示す通り、たとえ一夜でも恋は恋。恋にイケナイことはつきものです。人間に、失敗がつきものであるのと同じように。

どうせならもっと具体的に想像してみましょうか。

ある時、飲んでいたら（旅先で、というのもいいですね）ひとりの男性と知り合った。見た目もタイプだし、話していてどこか心が通じ合うものを感じた。離れがたい気になった時、ホテルに誘われた。くらっとする。いいかな、と思う。こうして話している分にはいい人に見える。

さあ、こんな時あなたならどうするでしょう。

「でもね、もしホテルに行って、部屋でふたりきりになったとたん、相手が豹変するってこともあるでしょう。実は変質者だったり、その筋のヤクザだったり、バッグを盗まれたり、後々つきまとわれたり、そんなことを考えたら、とてもじゃないけどそんな気にはなれないわ」

もっともだと思います。この複雑になり過ぎた世の中、人間の本性なんて短い時間で見抜くことはできません。何か起こった後では、取り返しがつかないこともあるのです。

「そりゃあ、危険に近づかなければ安心かもしれない。でも、恐がってばかりいたら、きっと年を取ってから、なんてつまらなく生きてしまったんだろうって、後悔するような気がするの。臆病が人生でいちばん退屈なことじゃないかしら」

そう、人生は一度だけ。どうせ短い命なんです。やれることはみんなやってしまいたい。たとえ一夜でも、もしかしたらそこから何か大切なものが得られるかもしれないし。

「だからって、病気とか、妊娠とか、そういった不安もあるじゃない。思うの、何もベッドに入らなくたって、心が触れ合う瞬間があれば、それだけで十分に〝一夜の恋〟と呼べるんじゃないかって」

確かに、セックスを恋の結果にするのは了見が狭すぎるかもしれない。すれすれのところで余韻を残す。だからこそ、一生忘れられない恋になることもあるでしょう。

「もし、ラッキーなことに、相手がものすごくいい男だったら一夜だけで終わらせるのはもったいない。これをきっかけにちゃんと付き合いたいと思うわ。つまり、本当の意味での一夜の恋なんてとてもできない。いつだって先のことを考えてしまうの」

それはそうでしょうとも。いい男なら、私だってきっとそう思うに決まってます。でも、それを相手に伝えて、きっぱり拒否されたら。それを考えただけで身震いしてしまいそうですけど。

「一夜の恋、というのは結局、女の幻想なのよ。男にとっては、一夜の遊びでしかないの。きっと男は知らないところで『ゆうべ、ナンパして、やっちゃった』とか、友達に自慢するのよ。それを思うと馬鹿馬鹿しくなる」

そういう可能性もなきにしもあらずです。二度と会わないのだから、自分の耳に入ることはないでしょうが、以前、ある男が「この間、旅先でちょっといいことがあってさぁ」なんて、やたら自慢げに話しているのを聞いた時、関係ないけれど腹が立ちました。それって、ルール違反じゃないの、と。自分がそれをやられるかと思うと、やっぱり情けない。

「難しいことなんか、どうでもいいじゃない。女だってやりたい時があるんだもの、たまたま相手と気持ちがぴったりあったんだから、やってスッキリすればいいじゃない」

はい、恐れ入りました。

というわけで、いろんな意見があるわけです。

そしてまた、こういうことは、他人が何を言おうと、そういう状況に遭遇しないと、実際のところ、自分がどうするかわからないことでもあります。

絶対に自分にはない、と思っていたのに、ある時、まるで何かに取り憑かれたように、そうなってしまうかもしれません。どこかで、そんな男と出会うのを待っているような、いいえ、決して出会いたくないような、複雑な思いが交錯します。

もし、ひとつだけ言えるとしたら、たとえその一夜の恋が、まったく期待はずれで、後悔にまみれるような結果を招くことになったとしても、誰のせいにもできない覚悟を持つ、ということでしょうか。時には、一夜のために一生を棒に振らなければならなくなる可能性もあるのです。

自分だけはそんな不運に見舞われない、そんなふうに思っている人、それは今までが偶然だったのです。

たまたま、よいことしか起こらなかっただけで、これからもそうだとは限りません。そのリスクさえ「これも人生なんだ」と受けとめられる自信があるなら、それでいいんですけど。

人生には確かに、思いがけないことが起きます。

だからこそ面白いのでしょう。

たとえ一夜の恋を過ごしても、翌日もまた、背筋を伸ばし、ひとりでしゃんと歩いてゆける、そんな女性だけが、それを楽しめるのです。

「ここらあたりで妥協しておこうかな」
そう言って結婚を決めた彼女の、
これからの不幸を思う。

いつも、つまらなそうな顔をしている人の多くは、毎日を「妥協」で過ごしているような気がします。

けれど、不思議なことに妥協している人の多くは、その状態を変えようとはしません。

どうしてなんだろう。

先日も、ある女性にこんなことを聞かされました。

「今の仕事、面白くないし、私の能力も発揮できないから、本当はやりたくないんだけど、他にいい仕事も見つからないし、ま、ここらあたりでしょうがないかなって思ってるの」

あんまりぶちぶち言うので、

「だったら、やめればいいじゃない」

と、冷たいかも、と思いながらもつい言ってしまったのですが、

「あなたはそう言うけれど、いろいろと事情があるのよ。仕方ないの、どうしようもないの」

と、こんな具合です。

どんな事情があるかはわかりませんが、私はやっぱり納得できませんでした。

その女性の口にしているセリフは（彼女は自分では気がついていないでしょうが）、どう考えても、単なる言い訳としか聞こえなかったからです。

やりたくないなら、やらなければいいんです。自分のしたい何かがあるなら、必死に探せばいいんです。何もしてないのに「仕方ない」という一言で片付けてしまうのは、もう妥協ではありません。

それは諦めです。惰性です。

私は、妥協はしてはいけないものだと思っているわけではないのです。ある意味で必要です。さまざまな事情で仕方なく、ということも確かにあるでしょう。

けれども、何もしないで、ただぼんやりと受け入れてしまったものは、妥協とすら呼べないような気がするのです。

妥協の前に、自分がどれくらいのことをしたか。何に抵抗し、どう踏ん張り、必死に考え、行動を起こしたか。その末に到達した結果であれば、それはもう妥協ではありません。選択です。ひとつの結論です。

そこには、新たに発見できる何かが必ずあるはずです。それをちゃんと見つけられれば、もう妥協なんて言葉を使えるはずがありません。

大切なのは、妥協しているということを言い訳にして、そういった意欲を放棄すること。その時、自分では「仕方なく妥協している」と思っているかもしれませんが、人からはきっと「所詮、あの子には妥当なのよ」と言われるでしょう。

さて、妥協は仕事やモノにするならまだしも、結構、恋にも使ってしまいます。

やっぱり、これでしょうか。

「本当は、あの人と結婚するつもりなんかなかったのよ。もっと男らしくて、経済力がある人が理想だったんだけど、なかなか巡り会えなくてね。ま、私も歳が歳だから、ここらあたりで妥協しておこうかなって」

そう言った女性は、美人で、勤めている会社も一流で、服のセンスも持ち物もいい、なかなか素敵な女性でした。

最初は、照れて言ってるのだと思いました。けれど、本気で言っていると気がついたとたん、こんな女性と結婚する相手が本当に気の毒になってしまいました。

その女性は自分をどれほどに評価しているのかは知りませんが、結婚する相手を見縊ったような発言をするようでは、所詮、大したオンナではないでしょう。

もっと厳しく言わせてもらえば、身のほど知らずってやつでしょうか。

身のほど知らずも、若いうちなら可愛いですが、いい歳をしてやっているのは、滑稽に見えるだけです。

だいたい、彼女は自分が妥協したと思っているかもしれませんが、もしかしたら男の方だってこう考えているかもしれません。

「自惚れが強くて、高慢ちきなところもあるけど、まあ、他にいいのも見つからないし。しょうがないから彼女にしておくか」

こんなもんですって。

もし、そうでなかったとしても、一生付き合っていくかもしれない相手に「私はこの男で妥協した」という意識を持ち続けていかなければならないなんて、なんて不幸なことでしょう。

私だったらいやだ。身震いしてしまいそう。

だいいち、相手に失礼過ぎるじゃないですか。

理想があるなら、妥協なんかせずに、そういう人と巡り会えるまで徹底的に探せばいいんです。たとえ、それで死ぬまで見つからなかったとしても「この男で妥協した」という思いを持つよりよほどマシのはずです。

と、結構、エラそうなことを書いてしまいましたが、実を言えば、私も今まで同じことをたくさんして来たような気がします。

まず、勤めていた頃、いつも思ってました。

「こんな単調で退屈な仕事、やりたいわけじゃないのに」

でも、じゃあその単調で退屈な仕事を完璧にやっていたかと言うと、よく失敗もしてました。私が、こんな仕事、と呼んでいた仕事さえ、まともにできなかったのです。

また、若かりし頃、結婚願望にとりつかれた時期があって、やたらお見合いをしたことがありました。

どの人と会っても、なかなかその気になれずにいたのですが、やっぱり結婚のためなら妥協は必要と決心して、

「まあ、この人なら少し付き合ってもいいかな」

と思い、相手に意志を伝えました。すると、相手からはきっぱりと断られてしまったので

す。

たぶん、私の己れを知らぬ態度が見えてしまったのでしょう。あの時、消えてなくなりたいくらい恥ずかしかったです。

前にも書きましたが、妥協を全部が全部悪いことだとは思っていません。しなければならない時もあります。

ただ、妥協するにしても、その前にやるだけのことをやって決めたのなら、新しい展開が必ず見えてくるはずです。

私も、ようやくわかってきました。

ほんの少し見方を変えれば、あの時の仕事にも新たな発見があったはずだということに。

あの人にも隠れた魅力があったということに。

そりゃあ、お金はやっぱり大切なもの。
でもお金だけでも幸せにはなれない。
お金と賢く付き合う方法おしえます。

最近、お金と数字との関係を実感できない人が増えて来たような気がするのですが、そう思うことはありませんか。

今、お給料は振込みがほとんどです。私の原稿料も振込みです。その上、電気ガス水道電話料金はみんな自動引落しです。買物もカードです。高くても、ローンを組めば手に入ります。現金なんてほとんど見ません。みんな数字だけです。

それはとても便利なことだけれど、どこかでお金と数字が頭の中で一致しなくなっているのではないかと思うのです。

クレジットカードは私もよく利用します。欲しいものが見つかった時、現金を持ってなくても手に入れることができますからね、こんな便利なものはありません。

けれども、その便利さとは裏腹に、よくやってしまう失敗があります。たぶん現金しか持ってなかったら買わなかったのに、カードがあったからつい買ってしまった、という失敗。欲しいな、と思う。高いな、と思う。それを現金に換算すると「やめておこう」という結論になる。なのに、カードだと「えーい、買っちゃえ」になってしまう。

どうしてでしょう。値段は一緒だというのに。

それは、たぶん数字しか見ないからでしょう。

たとえば一万円。10000という数字だけを見て、本当のお札の重みが感じられるでしょうか。

カードやローンというのは、その重さを知った上で利用するもののはずです。それを知らないで、手を出すから思いがけない結果につながるのです。カード破産なんかはその典型かもしれません。

そうならないためにも、一度それらを利用するのをいっさいやめて、現金を使ってみるというのはどうでしょう。振込みされたお給料も、そのまま現金に替えて、目の前に並べてみるのです。

で、まず、自分の一ヵ月の稼ぎはこれなんだ、と実感してみる。ボーナスの時は、これが半年の成果だ、と眺めてみる。そうしてから、家賃や食費や水道光熱費、電話代はこれだけ、交際費洋服代はこれだけ、そして貯金、と、区分けしてみる。

そうすれば、お金と物の関係がよく見えてくるのではないかと思うのです。

お金ってこういうふうになくなってゆくんだな、とか、もう少し電話代を控えた方がいいかな、とか、冬のコートは来年まで我慢しよう、とか。そういうことを踏まえた上で、カードやローンをうまく利用することを考えてみるのです。

何でもそうだけれど、文明の利器というのは、使い方を間違えると怪我をしてしまいます。火やナイフが、意識次第で凶器にすり変わってしまうように。すべては本来の姿をしっかり把握してこそ、うまく利用できるものなのです。

このように人と物と、というだけでなく、人と人との間に介入するお金というものもあります。そこには数字には換算できない大きな落し穴が待っているような気がします。

人と人との間と言えば、やはり貸し借りのことになってしまうでしょうか。

私は基本的に借金はすべきではない、と思っていますが、たぶん、それはみなさんも同じでしょう。

でも、借りなければならない時もあります。その時、絶対に守らなければならないこと。

必ず返す。

当たり前すぎますか。でも、意外とこれが守れなかったりするのです。

特に、借金と呼べるほどではない、ちょっとしたお金、たとえばこまかいのがなかった時のコーヒー代とか、割勘で立て替えてもらった飲み代とか、後で払うつもりでいたのに、つい忘れてしまう。

でも、貸した方は忘れません。そして、貸した方はどう思うかというと、

「いやだな、あの人、返してくれないんだもの」

だけではないのです。

もし、その人があなたの親しい友人ならきっとこう思うでしょう。

「あれくらいのお金を返してもらえないことにこだわってる私って、なんてセコい人間なのだろう」

つまり、お金を借りただけでなく、相手の心をそれだけ煩わすことになるのです。

気軽にお金を貸してくれるほど、あなたを信用している友達に、そんなストレスまで与えてしまいたくはありません。

借りるというのは、つまり、その人の人間性とか、相手との信頼関係まで測られてしまうということです。

そりゃあ、お金はやっぱり大切です。すべてではないけれど、否定することはできません。

でも、お金は所詮、道具のひとつなのです。たかが道具に、人間関係が振り回されるなんて悔しいじゃないですか。

決してナメられることなく、かといってナメることもなく、賢く付き合ってゆきたいものです。

気が合う人もいれば合わない人もいる。世の中それが当たり前。気の合わない人とどう付き合ってますか？

前々から、どうにも苦手な相手がいました。

年上の女性です。けれども仕事上、付き合わないわけにはいかない関係の相手です。

どうせ付き合わなければならないのなら、やはり快適な状態にしたいじゃないですか。だから相手と接する時はそれ相応に気を遣い、できるだけ友好的に、できるだけ愛想よく振る舞ってました。

けれども、結局、その人とは最後までうまくいきませんでした。

どうしてなのか、あの時はわからなかったけれど、今ならわかります。私は勘違いをしていたのです。

私がいろいろと気を遣うのは、苦手な相手だからこそ、なるべく不愉快な思いをさせないようにと思ったからです。

だから、たとえば「その仕事は今はできない」と言うにしても、そのまま言ったら角が立つんじゃないか、と考えて、

「あの、その、どうもすみません、どうしても都合がつかなくて、できないんです。本当はすごくしたいんですけど、申し訳ありません。ほんと、私ったらこういう時に役に立たなくて……」

といったように、私は敵意を持ってるわけじゃないんです、わざと言っているわけじゃないんです、そのことがうまく伝わってくれますように、と、どうも卑屈な言い方になってしまうわけです。

けれども、それは大抵の場合、効果はありませんでした。

かえって、相手の気持ちを逆撫でするような結果になったように思います。

「なんて慇懃無礼な奴だろう」

というふうに。

私は、自分の気遣いが通じないことで、ますます相手に苦手意識を持つようになりました。

つまり、自分を被害者のように感じるようになっていたのです。

「ほんと、あの人ったらこっちの気持ちも知らないで。ああ、あんな人と付き合っていかなきゃならない私って、なんてかわいそう」

そもそも、そこが違っていたのです。

私は、相手を不愉快にさせないために気を遣っている、と思っていたわけですが、実はそうではなくて、相手を不愉快にしたら、それがこちらに返ってくる、そうされたくない、つまり、私自身が不愉快な思いをしたくないから気を遣っている、ということが根本にあったのです。

そういう私の思いは、具体的ではないにしても、ニュアンスとして相手に伝わっていたことでしょう。

自分が被害者になり相手を加害者にする。

そんなスタンスの取り方では、ますます仲を悪化させるばかりです。

そのことに気づいたのは、実は、私自身がそうされたことがあるからです。

ある人は、会うといつもものすごく下手《したで》に出るのです。何かと言うと、すみません、申し訳ありません、と謝るし、妙に自分をへり下った態度で接して来るのです。そうされるたび、「やめて欲しいなぁ。まるでこっちが意地悪をしているみたいじゃない」

と、思ってました。それで、ようやく気づいたというわけです。

それからは、相手が苦手な人だからといって、あまりくどくどとした言い方はせず、むしろ明快に言うようになりました。

もし、それでますます嫌われるようなことになったとしても、それもまたしょうがありません。今の方が、ずっと気が楽になったし、たぶん相手も、同じなんじゃないかという気がしています。

この世の中には、好きな人がいるのと同様に好きになれない人もいます。

気が合う人もいれば、やっぱり合わない人もいます。

それが当たり前。それはどちらかの人間が悪いからそうなる、というのではなく、これだけたくさんの人間がいれば、そういう相手がいて自然なのです。

そういう人と、無理に仲良くしようとか、合わせようとするから、また新たなストレスが生じるわけです。

いいじゃないですか、合わないなら合わないで、嫌いなら嫌いで。

どうせ気を遣うなら、距離を縮めることではなく、相手を不快にせず自分も快適でいられるためにはどれくらいの距離をおいたらいいか、そっちを考えた方が得策です。

仕事の上での付き合いなら、まずいちばんに仕事がスムーズに運ぶためにどう付き合えばいいかを考える。ご近所なら暮らしやすくするために、嫁姑なら家族関係を壊さないために、といった具合です。

なかなか難しいことだけれど、媚びるでもなく威圧するでもなく、大人としての常識と知性を持って付き合ってゆきたいものです。

死にたいほどの失恋をしたことがあるから言える。失恋なんかで、人生を棒にふってたまるもんか。

やっぱり恋の話です。

それも、ここでは始まらない恋のこと。伝わらない気持ちの行方《ゆくえ》についてです。うまくいったらいったで、彼の気持ちがわからない、喧嘩してしまった、浮気された、他に好きな人ができた、などなど、恋の悩みは尽きません。

いっそのこと、恋という文字に「なやみ」というルビをふってしまえばいいのに、と思うくらいです。

だから、悩まされる方としては、その時々に真剣に考え、苦しみもするのですが、結局のところ、「恋に悩みはつきものなんだから、がんばるしかないのね」

ということに落ち着こうとするわけです。

けれど、本当のところは、そう簡単にはいきません。

失恋、と呼んでしまうと「そんなもの、誰でも経験してるわ」と思われてしまうでしょうが、受ける人によって、その痛手には天と地ほどの大きな違いがあるのです。

あれは、いつだったでしょう。もう十年くらい前になると思います。

知り合いの女性が、結婚するとばかり思っていた彼と別れました。いえ、別れたのではなく、裏切られたのです。

それはあまりに突然でした。連絡が途切れ、たまに電話が繋がっても「忙しい」の繰り返しです。彼女は混乱し、平静さを失い、問い詰めると、返って来た言葉はこうでした。

「上司から紹介された、得意先の娘と結婚することにした」

もう、とりつくしまもありませんでした。

これだって、もしかしたらよくある話ということになるのかもしれません。

その時の私も、心のどこかでそう思ってました。だから、

「いいの、忘れることにしたから。これから新しい恋人をまた探すわ」

なんて言う彼女に、

「そう、その調子」

なんて、それで力づけたつもりになっていました。

彼女の方も笑っていたので、私としては気楽に構えていたのです。

けれども、実際はそうじゃありませんでした。笑っていたのは、彼女が完全に心を閉ざしていたからでした。本心を誰にも言えないほど、深い落ち込みの中から抜け出すことができなくなっていたからです。

ある夜、突然、電話が鳴りました。

「眠れないの」

と、彼女は言いました。それも、少し呂律《ろれつ》が回らない声で。お酒でも飲んでいるのかと思いました。

「どうしたの？　大丈夫？」

「もう何日も眠れないの。だから眠れる薬を飲んだんだけど、やっぱりダメなの」

すっと私の頭から血が引きました。

「どれくらい飲んだの？」

「わからない、あるだけ」

「すぐ行くわ」

私は慌てて彼女のアパートに駆けつけました。そして彼女の憔悴しきった顔を見た時、ああ、こんなに苦しんでいたんだと、改めて気づき、声もでませんでした。

「生きていても仕方ないの。生きてゆく気力がないの。生きている方がつらいの……」

虚ろな目で、そんなことを呟く彼女を前にして、正直なところ、私はどうしていいかわかりませんでした。

そばにいて、愚痴を聞いてあげる。言葉を尽くして慰めてあげる。できる限りのことはしたい。けれど、それくらいのことで果たして彼女は立ち直ってくれるのだろうか。自信はまったくありませんでした。

その時は、何とか落ち着きを取り戻した彼女ですが、もちろんそれで終わったわけではありません。眠れない夜と、どうしようもない落ち込みは、相変わらず続いています。

そんな繰り返しの中で、彼女自身、何かを感じたようでした。たぶん、自分の危機だと思います。彼女は自分から言い出しました。

「病院に行こうと思うの」

「病院って？」

「心療内科で相談してくるわ」

その頃、私にとってその場所はまだ未知の世界でした。知識としては知っていても、実際どういう症状の人が行くのか、どういう治療を行なうのか、まるでわかっていませんでした。

カウンセリングを受けて、彼女は軽い鬱病と診断されました。ちゃんと処方された薬をもらい、ようやく眠れるようになりました。やはり眠ることが、彼女にとってはとても重要だったようです。しばらくするといくらか顔色もよくなり、食事もとれるようになりました。そうして半年くらい通ったでしょうか。少しづつ、彼女は以前の自分を取り戻していったのです。

「まさか、自分があんなふうになってしまうなんてね。でも、思い切って行ってよかった」

今はもう、すっかり元気になった彼女は、あの頃を思い出してそう言います。

心が傷ついて、その深い落ち込みの中からどうしても抜け出せない時、生きていても仕方ないと思える時、その時は「たかが失恋」などと片づけないでください。病気にかかったのです。

自身が持つ治癒力で何とか立ち直れる場合もあるでしょう。けれど同じ石につまづいたとしても、ひとりは膝を擦りむく程度で終わるかもしれませんが、骨折だってするだろうし、打ち所が悪ければ、命に関わることだってあるのです。

原因は失恋でも、その失恋の傷口から、タチの悪いバイ菌が入り込んでしまうことだってあります。

身体が病気になったら医者に行く。それと同じです。心だって病気にかかるのです。その痛みに耐える強さなんか持つことはありません。弱音を吐いて、医者に行って、直して欲しいと訴えればいいのです。

彼女のことがあってから、私はいくらか気が楽になったように思います。

その時まで、どうしようもなく落ち込んでしまっても、結局は自分で克服しなければならない、と思っていました。けれども、方法はひとつではないということを、知ったからです。

たかが失恋。

そう言われると腹が立ちます。けれど、その通りだとも思います。

私だって、正直に言えば、死にたいほどの失恋をしたことがあります。でも、だからこそ言えるのです。

失恋なんかで、人生を棒にふってたまるもんか。

映画は人生をおしえてくれる。
いくつもの人生をみせてくれる。
心に残る映画をあなたは何本観ていますか？

映画が嫌いな人というのは、あまり聞いたことがありません。

でも、行くのが面倒臭いと思っている人はいるかもしれません。

どちらかと言うと、私はそうです。

特に封切したばかりの時は、人がいっぱいで待ち時間を覚悟しなくちゃなりません。隣の席に知らない人が座ると、この肘掛はどちらの領分かしら、と気になります。後ろのカップルはいつまでもぺちゃくちゃ喋っててうるさいし、前の人の頭がでかくてスクリーンの字幕が見にくいし、ポテトチップスの匂いはするし、いいシーンで誰かがクシャミするし、といった具合に、行くだけでぐったり疲れ果ててしまうのです。

それでも映画が面白ければみんな忘れることができますが、前評判や予告編で膨れ上がった期待が大きく裏切られ、

「何だ、こりゃ。時間とお金返せ」

と、チケットの半券を床に叩きつけたくなってしまう時もあります。

料金も高くなりました。

というわけで、最近はもっぱらビデオのお世話になってます。

もちろん、映画はスクリーンで観てこそ価値があることはわかっています。けれども、好きな時に好きな格好で、のんびり見られるというのは捨てがたい。それに料金も安いので、途中で「やーめた」ということもできます。邪道と言われても今の私はほとんどビデオです。

最近、感動した映画はありますか。

この質問をよく受けます。そして、いつも困ります。

そうだなぁ。何かなぁ。

印象に残っている映画なら何本もあります。それも最近観たとなれば、ストーリーもよく覚えているし、興奮もまださめやらない。お金もかかってて、ストーリーも凝ってて、アクションも抜群、泣かすところは泣かし、笑わせるツボも押さえてる。

「やっぱり大ヒットしたアレでしょう」

と、言ってしまいたいところなのですが、それを口にするにはちょっと抵抗があります。

最近、もしかしたら感動というのは、その瞬間ではなく、時間を経てこそ感じられるものではないか、と思うようになりました。

私はマニアではないから、大した数を観ているわけではないのですが、観た時は本当に感動して興奮して面白かった映画のはずなのに、今となってみると、全然覚えてないというのがどれだけあるか。

同じ映画をレンタルビデオで見つけても「前に観たからいいや」と、もう一度観たいとは全然思わないのです。

でも、本当の意味で感動した映画というのは、観たその時はどうであれ（地味だったとか、暗かったとか、意味がわからなかったとか、主役がダサかったとか）、なぜかいつまでも心に引っ掛かっていて、あれは何だったのだろう、主人公は何を言いたかったんだろう、あれからどうなるんだろう、というような、切ないようなまどろこしいような思いがいつまでも胸の中に留まるものではないかと思うのです。

映画は終わってしまっても、自分の中でその映画がずっと続きをやっている、というような感じでしょうか。

私にとってそんな一本に『旅情』があります。

古い映画です。最初に観たのは十代で「ふーん」という感じでした。

別段、興味をひかれるようなことはありませんでしたが、なぜか心に引っ掛かっていました。そしてどういうわけか、何年か経つとその映画を観るチャンスがあるのです。テレビだったり、レンタルビデオ屋だったり、友人の家だったり。今までに七、八回、いえ、もっと観たかもしれません。

そして、ある時、まるで堰《せき》を切ったように、主人公の気持ちがわかったのです。

自分でも驚きでした。なぜ、と思いました。なぜ、急にこんなことに。

そして、わかりました。私はキャサリーン・ヘプバーン演じるジェーンと同い年になっていたのです。

何でもそうですが、映画にも出会いのタイミングというものがあるのでしょう。

最初は、あの映画を観るには私は若すぎた。ジェーンの気持ちがどうしても理解しきれなかった。でも、ずっと気になる何かがあったから、いつも心のどこかに引っ掛かっていた。そして、やっとそのタイミングに巡り合えた。そのために、今まで何回も観るチャンスがあり、観たいという思いが続いた。

そういった気持ちを、私は感動と呼びたいのです。

他にもそんな映画が何本かあります。きっと一生、心に残ってゆく映画となるでしょう。

私は以前、映画雑誌で仕事をしたことがあって、その時、マニアというのは本当にすごいと、それこそ感動してしまいました。

ひとつの映画を語るにしても、何年の製作で、監督は誰で、脚本、音楽は誰。主演はあの人、脇にあの俳優がいて、チラッとまだ名のなかったあの俳優も出ている。あのシーンのあのセリフ。何という賞を取り（逃す、ということも含めて）監督や出演者はそれでギャランティを上げた。というように、頭の中はすでに映画ライブラリーになっています。

しかし、こういうことはマニアに任せておけばいいのです。映画好きはもっとリラックスして観ましょう。早い話、映画にはふたつしかありません。

面白いか、面白くないか。

それだけです。そして、何よりそこに「自分にとって」というのをつけて、判断することを忘れてはいけないと思うのです。

今、映画は宣伝や情報が溢れて、公開される前から観てしまったような気分になることもあります。

お祭り騒ぎ的に、みんなが面白いと盛り上がっていると、自分も面白いと思わなければ周りに乗り遅れるのではないかという、どこか強迫観念にも似た思いにかられることもあります。

それでつい「あれは面白かったんだ」と、思い込もうとする。

そんなことを繰り返していると、自分が持つ、自分にしかない独自の感性が鈍くなってしまいます。

評判なんかどうでもいいのです。素直な、そのまんまの気持ちで観る、感じる、考える、そういうことが大切なのだと思います。

さて、私は小説を書いているのですが、読んでもらう、観てもらう、という違いはあっても、似ているところもたくさんあると思ってます。

作り手として聞かれることに「作品のテーマは？」というのがあります。

正直言って、テーマなんて胸を張って掲げるものなど、私にはありません。もしあるとしたら「人生にはいろいろある」なんてことでしょうか。

けれど、読み手の方はそんなもの全然気にする必要はないと思います。作品は読んでもらう時点で、もう私のものではないと思ってます。

作者が何を言いたかったか、大切なのはそんなことではなく、自分が何を感じたか、そこなのではないかと思ってます。それがたとえ、作者の意図とかけ離れたものであってもぜんぜんかまわないのです。

感動した映画をこれから何本、あなたは自分に残してゆくことができるでしょう。私ももっともっと観たいです。

でも、小説にもいいものがたくさんありますので、それも忘れないでくださいね。

「君は女だから」と言われるのはイヤだけど、「だって私、女だもん」と言い訳もする。典型的腰掛けＯＬだった私が考える「平等」とは？

女であろうと男であろうと同じ人間。

みな平等です。

改正男女雇用機会均等法も施行されたばかり、もう誰にも「女なんか」とか「しょせん女」とか「女のくせに」とか「どうせ女」なんて言わせやしません。そういった古い概念で凝り固まった輩に、ここらで一発、あなたの実力を見せつけてやりましょう。

けれども、この「平等」ということの本当の意味を自分なりにきちんと把握しておかなければ、時には「こんなはずじゃなかった」と、追い詰められてしまうことにもなりかねません。

私自身、果たしてちゃんとその意味を理解し、納得しているかというと、正直言って自信はありません。

人から「君は女だから」と言われるのはすごく不快なのに、私自身が「だって私、女だもん」と言い訳に使っているところが確かにありますから。

一時期、総合職にスポットライトが当てられていました。一般職（事務職などと別の呼ばれ方もありますが）と違って、すべての待遇は男性社員と同じ。お給料が同じというだけでなく、残業も出張も転勤ももちろん同じです。

私も何人もの総合職の女性を知っています。みんなバリバリ働いてます。それを見るたび、かつて典型的な腰掛けOLだった私は「すごいなぁ、頑張るなぁ」なんて感心するばかりです。

また、それとは逆に、総合職から脱落していった女性も、実はたくさん知っています。

T子もその中のひとりです。

「やれると思ったのよ」

と、彼女は言いました。

「今まで女だってことで、男に引けを取ったことなんてなかったもの」

彼女は大学の成績も優秀で、入社試験でもトップクラスで文具メーカーの会社に入りました。そこで、男性社員と同じ営業に配属されました。頑張りました。負けない、という自信もありました。

そして一年後。彼女は限界を感じるようになっていました。その大きな理由は、実力というより、体力です。

残業や出張は相当のものです。疲れがなかなか抜けず、休みの日はひたすら寝ているだけ。それでもよく風邪をひくようになり、生理痛や生理不順にも悩まされるようになりました。

それに文具メーカーということで、新製品をアピールするために、時にはかなり重いものをひとりで運ばなければなりません。男性にとっては、大した力仕事ではなくても、彼女にとっては大変な労力です。でも、もし「持てない」と言ったら「だから女は」と言われそうな気がして、決して手伝ってもらおうとはしませんでした。

ある時、パソコンのデスクトップの入った箱を持ち上げようとして、ぎっくり腰になり、半月、動けませんでした。

「悔しいけど、限界だなって思ったの」

そうして考えた末、彼女は退職したのです。

「あんなに自信があったのに、何だったんだろう。何だか負け犬になったみたい」

と、彼女は力を落としていました。

でも、私はそうは思っていません。彼女は負けたのではありません。仕事を間違えて選んでしまったのです。

かつて男性にしか無理、と思われていた仕事にも、女性がどんどん進出しています。これからもそういう女性にどんどん出てきてもらいたいとも思ってます。

でも、だからって、すぐに自分もやれると思い込まない方がいいでしょう。確かに男性がやれることは女性もやれる。でも、それが自分がやれることとは限りません。

平等という言葉からは、つい、みんな同じという発想をしてしまいます。

みんな同じじゃないんです。みんな違うんです。体力も、資質も、得意も不得意も。そういう互いの違いや個性を認め合ってこそ、初めて平等が生まれるんだと思うのです。

T子は今、別の会社にいます。職種は全然違って金融関係です。そこでは総合職ではありませんが、今度は彼女の能力がよく発揮される職場です。何より、彼女自身も楽しそうです。

いつかまた、総合職の試験を受け直したいと考えていると教えてくれました。

よかったよかった、頑張ってね。きっと彼女ならやれると、信じてます。

平等は、何も仕事のことばかりに言えるわけではないようです。

ずっと前「結婚しないんですか？」みたいなことを尋ねられた時、私は大して考えもせず、こう答えていました。

「私、奥さんになるより、奥さんが欲しいんです」

その時は何も思わなかったのですが、後になって、じわりと気づいたのです。

私自身が、そういう決めつけをしているってことに。

つまり、奥さんとは、炊事をして、夫の世話をして、子供を産んで育てるものなんだという意識を持っているってことに。

もし私が男性から、妻とはそういうものだと言われたら、すごく反発するに違いありません。なのに、私の頭の中では、それと同じことを考えていたわけです。気づいた時、すごく恥ずかしくなりました。

男女の平等に関してとなると、つい男性ばかりを責めてしまいがちですが（まあ実際に偏見に満ちた男性はまだまだいますが）、まず自分から意識を定着させておかなければならないと、あの時、痛感しました。

けれど、もう少し考えてゆくと、そこにもまた落し穴があるのではないかと思えるのです。

ある女性はいつも「夫は家事を半分引き受けるべきだ」と言うのですが、この「べき」を聞かされるたびに、どうも居心地の悪い気分になってしまうのです。

夫婦だっていろいろです。ある夫婦は、共稼ぎなのですが家事いっさいを自分が引き受け

ています。彼女は、

「私は家事が得意だし、好きだからそうしているの」

ということで、夫に強制されているわけではありません。

「その代わり、料理がどんなにひどいものでも、家の中が散らかってても、文句は言わせないわ。それに、家事に代わるものをみんな夫にやってもらってるから。たとえば？　そうね、電気のこととか、家回りの修理とか。そうそう近所のお付き合いなんかも」

それはそれで、ひとつの夫婦としてのあり方です。誰にも文句は言えません。

逆に、家事は全部夫がしているという夫婦も知っています。もちろん、分担している夫婦も。百の夫婦がいれば、百の夫婦としての在り方があり、百の平等もあるのです。

平等って難しい。

何より、自分の分をわかっていなければ、語れないものなのかもしれません。

「知らない男とセックスして、お金をもらって何故悪いの?」そんな質問にあなたならどう答えますか?

この間「援助交際についてどう思うか」というような話題が持ち上がりました。

「結局のところ、それは犯罪でしょう。言葉を曖昧にして、行為も曖昧にさせようとしても、やってることは売春なんだから」

と、誰もがそんなことを言ったし、私もそう思いました。

けれども、その上で、ふと疑問が浮かんだのです。

売春がなぜ悪いのだろう。

犯罪だから悪い、というのは法律の判断するところです。それ以外で、つまりメンタルな部分で「悪い」ということを、その時、私はきちんと口に出すことができませんでした。

「だって、心も身体も傷つくし、親が知ったら泣くだろうし」

けれども、彼女たちは何も無理やり誰かにやらされてるとか、借金を背負って仕方なく、というのではないのです。自ら望んでそれをしているのです。だとしたら、傷つく、というのは少しズレた考えでしょう。

彼女らにとっては、知らない男とセックスをしてお金をもらうことよりも、みんなが持っているブランドの財布やバッグを持ってない、という方が傷ついたりするのです。

そうか、問題はここにあるのかもしれません。価値というものをモノを基準にしか考えられなくなっている感覚ということに。

「別に人に迷惑かけているわけじゃないもん」

彼女たちはよく言います。

親たちもそう言って育ててきたのでしょう。

「人様に迷惑さえかけなければ……自分で責任をとれるなら……」

そして見事にそれを逆手に取られてしまったのです。

売春は犯罪ですが、その職業は太古の昔からあります。日本だって昭和三十二年まで公にあったのです。つまりひとつの職業として認められていたのです。

それに、国によっては今も公という場合もあります。文化が違えば、倫理も違うというわけです。決して普遍的なものではありません。

何よりも、買春しているのは大人です。犯罪とわかっているのに、自分も誰かの親であったりするのに、この体たらくです。

お金だモノだと、目の色変えているのも大人です。彼女たちに悪いことだ、犯罪だと言っても説得力があるわけがありません。

悪いものは悪い。理屈じゃない。

と、言ってしまいたいのはやまやまです。でも、それは考えることを放棄したということ。

「いろんな犯罪に巻き込まれる可能性がある。彼女たちはその恐ろしさをわかっているのだろうか」

「彼女たちは、自分がそれをしていることを恋人に言えるだろうか。言えるわけがない。それは自分が悪いことをしているという意識があるから。その意識こそがモラルなんだと思う」

「自分の身体を売ってモノを買う、ということは、そのモノよりも自分の身体の価値が下ということになる。結局、お金で買われる程度の自分だということ、それで果たして満足できるか」

などなど、言いたいことはいっぱいあります。けれども、正直言ってまだはっきりとした考えに辿り着いていません。いろんなことを考えたし、言葉にもしましたが、どれも今ひとつ「これだ」というものに達することができないのです。

それでも考えていこうと思います。ひとりの女性として、大人として、人間として、ちゃんと考えてゆきたい。

そう、考えてゆきたい。

いろんなことを、いっぱい、頭が痛くなるまで、こんがらがってしまうまで、うんざりして、迷路に入って、振り出しに戻って、馬鹿馬鹿しいと思っても、考えてゆきたい。

そこからすべては始まるのだから。

夢は必ず叶うものとは限らない。安定も捨てなければならない。それでも、持ち続けたい夢、ありますか？

夢、ありますか？

岩波国語辞典をめくってみると、夢は「(現在のところは実現していないが) 将来は実現させたい願い、理想」と記されています。

この文は、何気ないようでいて、とても鋭いところをついていると思いませんか。

そうです、夢は実現することを前提としているのです。決して、最初から「所詮、夢でしかない」というのではないのです。

当たり前のようでいて、そこのところをきちんと理解していなかった私は、それを見た時、何だか目が覚めたような気分でした。

あなたは今、どんな夢を持っていますか？

その夢を実現させるために、何をしていますか？


学生時代の友人の中に、それはどでかい夢を持った男性がいました。

卒業してしばらくはサラリーマンをやるけれど、いずれは信州に広大な土地を手に入れて、失われつつある森林を蘇らせ、理想の森を造ろうというのです。どうやら、自然保護を訴える有名な作家の影響を受けたらしく、彼は熱くそのことを語っていました。

その夢は本当に素晴らしく、聞いている私たちも胸をわくわくさせたものです。

「頑張ってね、きっと実現してね」

と言うと、力強く「任せとけ」との返事があり、誰もが、彼ならきっと、と期待していました。

それから十数年が過ぎた頃、みんなで集まる機会がありました。みんな三十代に入っています。彼はまだサラリーマンをやっていました。仕事は忙しいらしく、いつもあちこち飛び回っているとのこと。

「ねえ、あの夢、どうなった？」

尋ねると、彼はさらりと言いました。

「もちろん持ち続けてるさ」

「よかった」

「まあ、今はこんなだけどさ、いつか見てろって」

信州に広大な土地ですからね。資金だって必要でしょう。そう簡単にできることではないと思います。

だから、実現するのはまだ先だってことはわかります。わかるんだけど……あの時、彼とそのことについて話している間に、だんだんと首を傾げたくなっていました。

というのも、もし、彼がいずれ本当にそうするつもりでいるなら、今から準備しておかなければならないこと、というのがやはりあると思うのです。彼はそれを何ひとつやっていなかったからです。

森を造るとなれば、樹木のことや、山での生活について、動物の生態系、そういった知識が必要なことぐらい、私にもわかります。

でも、彼は相変わらず「僕は自然の美しい森を造りたい」と言うだけで、具体的なことは何ひとつ勉強していないのです。

そのことをちょっと突っ込むと、いくらか困ったような顔をして彼は言いました。

「うん、やらなくちゃとは思ってるんだけど、今は忙しくて、なかなかそこまで手が回らないんだ。でも、僕はやるよ。いつかきっと夢を叶えてみせるさ」

「そうね、そうよね、そんな簡単にいくはずないものね」

忙しい、が便利な言い訳である、ということぐらいもう誰もが知っている年代にはいっていました。

そんな常套句を使うんだ、と私はがっかりしていました。本当にやりたいことは、どんなに忙しくてもやるものです。

あれからまた十年近くがたちました。彼も出世して今では会社でなかなか重要なポストにつくようになりました。

「相変わらず忙しそうね」

「もう、しんどくってさ」

夢の話はできませんでした。

確かに彼の言う通り、実現が先のばしになっているだけなのかもしれません。きっといつか、やってくれるのかもしれません。

けれど、もしかしたら彼から「ああ、そんな夢もあったっけなぁ」なんてセリフを聞くことになるのではないかと、つい想像してしまう自分がいて、とても寂しかったです。

彼が言っていたのは「夢」ではなく単なる「夢物語」だったのかもしれない。

だからと言って彼を責める権利など私にはありません。まったく余計なお世話でしょう。私自身、他人の夢に自分の夢を重ねるようなことをしちゃいけない、ということはよくわかってます。わかってるんだけどつい……六十になっても七十になっても、いつかきっと実現して欲しい、今もそう思ってます。

さて、もうひとりの知り合いの話です。彼女は私よりずいぶん年下の女性なのですが、突然、陶芸家になりたいと言い出しました。

美術学校を出てるわけでもなかったので、周りのみんなはびっくりです。

彼女は一流企業のＯＬをやっていて、いいお給料をもらい、年に三回は海外旅行に出掛けていて、ショッピングだグルメだと、私には典型的な「お気楽ＯＬ」にしか見えませんでした。

彼女が二年ほど前に陶芸教室に通い始めた時も、また新しい遊びを見つけたのね、ぐらいにしか思っていなかったのです。

それが突然、陶芸家です。

彼女は何を思ったのか、私に相談に来ました。私もかつてＯＬ生活をしていたので、辞めてまったく違う世界に入るという共通点があると思ったのでしょう。

「とにかく両親が反対なんです。そんな訳のわからないものになってどうするんだって。好きなら趣味として続けてゆけばいいって」

陶芸家を訳のわからないもの、と思ってしまうご両親の気持ちは、わからないでもありません。

知らない世界ですからね。仕事として成り立つんだろうか。ちゃんと食べてゆけるんだろうか。不安は当然です。

相談された私もまったく知識はなく、困ったなぁと思っていました。

けれども、止めるつもりはありませんでした。

夢があるならそれを叶えたらいい。

ただ、現実的なことを彼女はどこまできちんと認識しているか、そのことだけが気になりました。

「言っておくけど、会社を辞めるって、お給料がもらえなくなるってことだけじゃないのよ」

「それ、どういうことですか？」

「健康保険や厚生年金、そういったものは今まで会社がある程度負担してくれていたけど、これからはみんな自分が払ってゆかなければならないの」

「へえ」

「陶芸の道に入ったものの、しばらくして自分に合わなかったからって、今ほど条件のいい会社に再就職できるわけもない。そういう覚悟はできているの？」

彼女は少し不安げな顔をしました。

でも、私はおいしいことを言うつもりはありませんでした。フリーで生きてゆくとはそういうことだと、そこだけは身をもって知っていたからです。

しばらくして彼女は顔を上げました。

「はい。どうしても夢を叶えたいんです」

その時、彼女はもうお気楽なＯＬの顔ではありませんでした。強い意志を持ったひとりの女性でした。

彼女ならきっとやれる。根拠はないですが、私はその時、そう思いました。

夢を叶えるためには、それも大人と呼ばれる年代になってからの場合、どうしてもリスクを背負わなくてはなりません。

そのリスクとはたいてい、安定を捨てる、ということです。それはいつも天秤の片方のお皿に載って、決心を揺るがせるのです。

それに、夢は必ず叶うものとは限りません。

どうしても叶えたい夢があって、今のすべてを捨てて、努力して、頑張ったけど、駄目だったということもあるのです。

それでも後悔はしないという自信はあるでしょうか。

もしかしたらそんな時、周りから「ほらみたことか」と言われるかもしれない。

それでも平気でいられるでしょうか。

そんなことを考え始めると、やっぱり夢はみるだけにして、無謀なことは考えないでおこう、と思ってしまうこともあるでしょう。

確かに夢は叶えるもの。叶ってこそ、すべてを捨てた、必死に頑張った甲斐があるもの。だから、叶えられない可能性が大きいなら、早まったことはしないこと。

確かにそうなのだろうけど。

でも、夢を叶えられなかったからといって、失敗だとも限らないと思うのです。

夢は叶うことではなく、叶えようとする意志の中に価値が存在するのだから。

叶えたい、と真摯に歩み続けるその過程にこそ意義があるのだから。

こんな青臭い言い方をしてしまい、ちょっと照れ臭いです。でも、考えれば考えるほど、やっぱりそう思えてなりません。

その証拠に、夢を叶えてしまった人よりも、叶えようとしている人の方が絶対にいい顔をしていると思いませんか。

人は、生きている中でいい顔をしている時間をどれだけ多く過ごせるか、それで決まるような気がするのです。

初出

「後悔してもかまわない……」『PHPスペシャル』1996年9月号、「デブがうつる……」『PHPスペシャル』1997年11月号、「終わった恋の忘れかた……」『大望』1996年12月号、「そりゃ、お金はやっぱり大切なもの……」『PHPスペシャル』1997年11月号、「気が合う人もいれば……」『PHPスペシャル』1999年4月号、「知らない男とセックスして……」『PHPスペシャル』1998年8月号、「夢は叶うものとは……」『PHPスペシャル』1997年12月号

その他はすべて、『モニク』連載「眠れぬ森の女たち」（1998年2月号～2000年1月号）を改題加筆したものです。

唯川恵（ゆいかわ・けい）
1955年金沢生まれ。ごく普通のＯＬ生活を10年おくった後、小説を書き始め、作家生活にはいる。共感度の高い等身大エッセイは、「読むとなんだか元気になれる」と評判。2002年、『肩ごしの恋人』（マガジンハウス）で、第126回直木賞を受賞。著書は他に『ため息の時間』（新潮社）『ベター・ハーフ』（集英社）、『愛がなくてははじまらない。』（大和書房）など。

人生は一度だけ。

2000年6月15日　第１刷発行
2002年8月20日　第11刷発行

著　者――唯川　恵
発行者――南　暁
発行所――大和書房
東京都文京区関口1-33-4
電話03（3203）4511
振替00160-9-64227
印刷所――暁印刷
製本所――小泉製本
装　幀――植野皓支

ISBN4-479-68135-3

http://www. daiwashobo. co. jp

唯川恵の本

愛がなくてははじまらない。

「あなたさえそばにいてくれたら、あとは何もいらない。
だからお願い、私を好きになって。」

恋をすると、楽しいことも苦しいことも２倍になる――
恋するチカラをもらえるの愛のエッセイ集。

定価（本体1200円＋税）